CUANDO QUIERES MIRAR A LAS NUBES

Cuando quieres mirar a las nubes
Primera edición
© La Pereza Ediciones, 2013
Publisher: Greity González Rivera
Editor: Ernesto Pérez Castillo
Imagen de portada: Michele Miyares Hollands

Manufactured in United States of America

ISBN-13: 978-0615818719 (La Pereza Ediciones)
ISBN-10: 0615818714

For information, write to:
La Pereza Ediciones
11669 sw 153 Pl
Miami, Fl, 33196
USA
www.laperezaediciones.com

CUANDO QUIERES MIRAR A LAS NUBES

Premio Internacional de Cuentos para Niñ@s
La Pereza 2013

PRÓLOGO

Cuando quieres mirar a las nubes reúne una selección de las obras participantes en el Premio Internacional de Cuentos para Niñ@s La Pereza 2013, incluidos sus tres ganadores.

El Jurado del concurso, presidido por la escritora Haydeé Sardiñas de la Paz, junto a Geovannys Manso y Ernesto Pérez Castillo en representación de la editorial, leyó y disfrutó a todo trapo de las travesuras, ocurrencias y aventuras narradas por los más de doscientos autores de toda Iberoamérica –pero también de Estados Unidos, Canadá, Reino Unido o la remotísima Australia– que enviaron sus obras a ésta, la primera edición del certamen, que ahora se vuelve tinta sobre el papel.

"Cuando quieres mirar a las nubes y los pies se enredan", de la autora española Amaya Nogueira Rodríguez, resultó ser la obra merecedora del Gran Premio, por la sencillez en el planteo de una fábula que pone frente a frente a tres generaciones –siempre tan lejos y tan cerca–, por la eficacia de los recursos literarios que se gasta, y por el trasfondo profundamente humano que ilumina.

Si algo tienen en común las historias que aquí se narran, es el don de la imaginación más libertaria y el afán de iluminar ese espacio sagrado que es la infancia. Sólo le queda pendiente un reto a este libro: llegar a las manos, y al corazón, de las niñas y los niños.

El Editor

Ganadores

GRAN PREMIO
Amaya Nogueira Rodríguez
España, 1974

CUANDO QUIERES MIRAR A LAS NUBES
Y LOS PIES SE ENREDAN

A María Dolores Ramírez Rodríguez le encantaba contemplar las nubes. Apenas tenía seis años, pero sus sueños eran grandes, enormes, gigantescos, tan colosales como las mismas nubes a las que siempre deseaba ver.

Antes, con cuatro y cinco años, nunca se le ocurrió levantar la cabeza y descubrir el cielo, porque su vida transcurría deprisa y entre tantas carreras, que sólo tenía tiempo de mirar hacia abajo, al suelo, cuidando de que sus pies no se enredaran y la hicieran tropezar. Porque algunas veces, María Dolores Ramírez Rodríguez estaba a punto de caerse por culpa de sus pies y entonces, mamá o papá, se enfadaban con ella.

–¡María Dolores Ramírez Rodríguez! Mira bien por dónde pisas o te caerás –decía papá muy serio, dirigiendo su dedo de mandar hacia la carita pecosa de María Dolores.

–¡María Dolores Ramírez! Haz el favor de no tropezarte o llegaremos tarde –la reñía su madre, mirándola desde arriba y tirando de ella para continuar con su camino. Ella siempre estaba revisando aterrorizada su muñeca, donde el malvado reloj, descansaba sin tener que dar un solo paso.

Y la pobre María Dolores Ramírez Rodríguez seguía moviendo sus pies, tratando de continuar su camino, hacia la casa, la escuela, el parque, la tienda, la oficina o la casa de los abuelos. Ella no quería tropezar, caerse, resbalarse o perder tiempo, pero sus pies de casi seis años, a veces, se cansaban de caminar tan rápido a todas partes y decidían pararse sin permiso de su dueña. Y otras veces, se ponían a bailar, así sin más, siguiendo el ritmo de una canción mágica, que sólo aquellos pies podían escuchar. Lo peor llegaba, cuando se volvían locos y comenzaban a saltar en cualquier parte, y mucho más, sobre los charcos de agua recién caída. Entonces, los enfados y las riñas de papá y mamá, se volvían monumentales, porque además de perder tiempo, María Dolores Ramírez Rodríguez terminaba con la ropa sucia y ellos, también recibían alguna que otra salpicadura, que les hacía llegar además de tarde, ¡manchados!

Por eso, desde que cumplió seis años, trató siempre de vigilar a sus pies para que no volvieran a hacer alguna de sus travesuras. Sabía que no iba a ser trabajo fácil, pero ella era muy valiente y capaz de convertirse en la mejor domadora de pies del mundo.

Un día, el abuelo fue a buscarla al cole porque sus padres no podían llegar a tiempo para recogerla. María Dolores no podía consentir que él se enfadase, porque le gustaba mucho verle sonreír. Por ello, decidió concentrarse seriamente en sus pies, para no dejarlos cometer ninguna locura. Aunque, estaba segura de que al abuelo, sus tropiezos no le importarían tanto como a papá y mamá. Él caminaba muy despacio, como dando un paseo, igual que cuando en las vacaciones iban alguna vez a la playa y paseaban por la arena, como si pudieran estar siempre allí. Pero eso ocurría muy pocas veces y al final de las vacaciones, que a María Dolores le parecían muy cortas, siempre volvían a la ciudad, para mirar el reloj y caminar muy deprisa.

Lo que más sorprendió a María Dolores fue que el abuelo, además de pasear y no tener prisa, iba hablando con ella. Generalmente, papa y mamá solo le decían: "¿Qué tal el cole?", y después, sin esperar casi su respuesta, le recordaban: "¡Date prisa, que no tenemos tiempo!", y ahí, acababa toda la conversación. Pero el abuelo, le preguntaba y ella contestaba. Y el abuelo, le volvía a preguntar y le contaba a María Dolores lo que él y la abuela habían hecho aquella semana. María Dolores se sentía muy contenta con el abuelo y pensaba que él también lo estaba con ella, porque casi nunca se le borraba la sonrisa y no tenía ninguna prisa por dejarla.

–Pero, María, ¿por qué miras todo el tiempo hacia abajo? –preguntó aquel día, el abuelo, entre preocupado y divertido.

–Es que si no… mis pies se enredan y me puedo caer.

–¡No te preocupes por los pies, mujer! Si miras hacia abajo, te perderás todo lo hermoso que hay arriba –contestó el abuelo, mostrando con su mano el cielo.

Y desde aquel momento, María descubrió lo maravilloso que resultaba mirar hacia arriba, porque el cielo cambiaba todos los días y a ella le encantaron las distintas formas que tenían las nubes y sus colores y lo rápido que se movían a veces o lo gorditas y esponjosas que parecían otras. Cada vez que el abuelo tenía que ir a buscarla a la escuela, María aprovechaba para observar las nubes y ¡nunca se tropezaba! Podía ir hablando con el abuelo y jugando a adivinar la forma de las nubes o si estaban contentas, tristes o a punto de llorar.

Algunos días después, cuando mamá fue a buscarla, a María Dolores le entraron unas ganas terribles... de mirar hacia arriba. Pero, recordó que mamá tenía mucha prisa y sabía que debía concentrarse en sus pies, para no tropezar. Aunque, aquella vez, la que no quería obedecer... ¡era su cabeza! Se rebelaba e intentaba tirar del cuello para arriba y aunque María no quería y luchaba por evitarlo, incluso los ojos se desviaban de los pies para buscar el cielo.

María se sintió angustiada, tanto, que al final, comenzó a llorar bajito, mientras luchaba con sus pies saltarines y su cabeza "miracielos". Cuando su madre se dio cuenta de que lloraba, se volvió hacia ella con cara extrañada y mirando su reloj. Entonces, María Dolores Ramírez Rodríguez, no pudo más y estalló en un llanto inconsolable. Estaba furiosa con su cabeza, estaba rabiosa con sus pies, pero sobre todo, ¡estaba harta de aquel reloj mandón y de que su madre le hiciera más caso que a ella!

—Yo... yo quería... mirar hacia abajo, para que mis pies no tropezaran y no llegáramos tarde... pero mi cabeza quiere mirar hacia arriba, porque me gusta mucho mirar hacia arriba, para ver las nubes como hago con el abuelo... pero yo le digo a mi cabeza que no tenemos tiempo de mirar hacia arriba y ella no me quiere obedecer...

La mamá de María permaneció inmóvil, sorprendida ante la confesión de su hija, que poco a poco iba calmándose y recuperando el aliento, para continuar hablando.

—Mamá, había pensado... que como no tenemos tiempo de mirar al cielo, ¡un día subo a una montaña, cojo una nube y la meto en una caja con lazo, para regalártela!... ¡seguro que te encantará!

En aquel momento fueron los ojos de la mamá de María, los que se llenaron de lágrimas, seguramente, porque le había parecido el regalo más bonito que le pudieran hacer. Se agachó, sonrió y abrazó a su hija durante mucho tiempo, tanto, que a María le extrañó que en todo ese abrazo su madre no hubiera comprobado su reloj. ¡Pero no lo miró! Primero, le llenó la cara de besos a María y después llamó por teléfono. Se levantó y cogió a su hija de la mano, suavemente, y comenzaron a caminar muy despacito.

—¿Sabes? A mí, también me gusta mirar al cielo —dijo su madre— y me encantan las nubes. ¿Qué te parece si vamos al parque, nos tumbamos en la hierba y vemos pasar nubes?

María no podía creer lo que su madre decía.

—Es más, vamos a llamar a papá y le vamos a decir que, al salir del trabajo, nos traiga la merienda al parque, para que él también pueda verlas, aunque a papá no le gustan las nubes…

María se entristeció un poco, al conocer esa terrible noticia y temió lo peor.

—Entonces papá, no querrá venir para ver nubes…

—Las nubes no, pero lo que tú no sabes, es que le encantan los pájaros y estoy segura de que querrá echarse sobre la hierba con nosotras.

Y en efecto, papá fue al parque y María Dolores Ramírez Rodríguez fue la niña más feliz del mundo, dando vueltas por la hierba, contemplando el cielo con su familia.

Ella no supo si es que les gustó mucho mirar al cielo, porque a partir de aquel día, nadie más la hizo mirar para abajo y cuando alguna vez se tropezaba, la levantaban cariñosamente y, siempre sonriendo, le daban un gran beso, para después decirle:

—María, ¡estás en las nubes!

Y ella se imaginaba saltando, corriendo, bailando y rebotando en medio de miles de nubes rechonchas, hechas de algodón que da besos.

EL ERIZO EN LA SILLA

Mi amiga Clementina tiene un erizo en la silla. Cuando se sienta mucho rato el erizo la pincha, así que tiene que hacer todo rapidito, en poco tiempo y con muchas interrupciones, parándose y sentándose sin cesar.

El erizo en la silla le ocasiona numerosos problemas. ¡Es muy difícil hacer la tarea con un erizo en la silla! Clementina solo puede escribir oraciones cortas. Se para y da la vuelta a la mesa corriendo cuando el erizo en la silla la pincha. Clementina hace sumas y restas de una sola cifra, y si cuenta con los dedos, el erizo en la silla se enoja. ¡Qué dolor! Este erizo es muy picudo, es como sentarse en un almohadón de clavos. Hay que buscar una solución a este problema del erizo en la silla.

¿Qué hacer con el erizo en la silla? Hmmmm… Clementina pensó y pensó. No quería quedarse sin su erizo e n la silla, ni pincharse al hacer la tarea. ¡Ah! Se le ocurrió una idea: ¿y si le ponía plumas a las púas del erizo? Buscó y buscó, juntó cuanta pluma de paloma y gorrión encontró en la plaza, le robó algunas al lorito de la vecina, se escondió en un gallinero, persiguió colibríes y nadó con los patos en la laguna del parque. Obtuvo las 573 plumas que necesitaba para las 573 púas del erizo en la silla, que quedó disfrazado de almohadón. ¡Vieran qué lindo estaba bien emplumado! Contentísima y muy cansada de tanto trabajo, se sentó en la silla.

¡Ay! No funcionó. El erizo en la silla la seguía pinchando. Siguió pensando. ¿Y si ponía cuadraditos de papel glacé en las púas del erizo en la silla? En la librería compró todos los paquetes que pudo con las monedas que tenía ahorradas. Le pidió prestado papel metalizado a su vecina Daniela. Como no le alcanzaron los cuadraditos, tuvo que usar papel de revistas. Descubrió las tijeras de su mamá en el cajón de la cómoda y recortó con paciencia los 573 cuadraditos que necesitaba

15

para las 573 púas del erizo en la silla, que quedó todo brilloso, como bola de espejos.

¡Ay! No funcionó. El erizo en la silla la seguía pinchando. Siguió pensando. Entonces fue a buscar un atlas grande que su hermano tenía guardado y recortó pacientemente 573 ciudades de un mapamundi para cubrir las 573 púas del erizo en la silla. El erizo quedó como un globo terráqueo medio raro, por donde lo mirara se leían nombres que invitaban a viajar: Buenos Aires, Rosario, Paris, New York, Tokio, Kuala Lumpur...

¡Ay! No funcionó. El erizo en la silla la seguía pinchando. Todos saben que las ciudades, con sus rascacielos son puntudas, pensó Clementina. Tendría que haber recortado el campo, los ríos y los mares. Siguió pensando y pensando. ¡Zaz! se le ocurrió otra idea ¿Y si ponía corchos en las púas del erizo? Claro que había que conseguir un montón de corchos. En la mañana, bien tempranito, Clementina se fue hasta el bar de la esquina a pedirle al mozo que le juntara 573 corchos de botellas abiertas para pincharlos en las púas del erizo en la silla. El mozo le guardó una bolsa enorme, tantos tantos que le alcanzaron para las 573 púas de su erizo y le sobraron 4.

Hmmm... Después de mucho trajín, Clementina vio los corchos pinchados en el erizo en la silla, y no le gustó nada nada cómo quedaban, eran marrones y feos. ¿Y si los pintaba de muchos colores? Le robó a su mamá los esmaltes para las uñas, y de a uno, los fue coloreando, uno rojo, el otro nacarado, naranja, blanco, este de acá con brillo perlado.... Al final ¡le quedó un erizo de lo más coqueto! Y además, ¡súper cómodo! Lo que se dice todo un erizo en la silla.

Ahora Clementina puede escribir largas oraciones y cartas de amor, sumar y restar todos los números que se le ocurra y leer despacito el libro de lectura sin dar vueltas corriendo alrededor de la mesa cada vez que se sienta un rato largo en el erizo en la silla.

PREMIO
Isabel Lizarraga Vizcarra
España, 1958

MITAD Y MITAD, IGUAL A MEDIO

La ciudad había sido atacada por una plaga de zombies y yo estaba ayudando al protagonista del *Two days to die* a salvar a la humanidad cuando mi madre golpeó con sus suaves nudillos la puerta de mi habitación.

–Kevin, ya sabes que tienes que visitar a la abuela Pura. Anda, no te retrases…

La abuela Pura no era tan emocionante como una plaga de zombies, justo cuando conseguía escapar hacia la playa (porque los zombies del *Two days to die* no saben nadar), pero no me quedó otro remedio que cumplir mi promesa y acercarme a su casa. Al fin y al cabo era ella la que había hecho el día de mi cumpleaños la aportación necesaria para comprarme el jueguecito que tanto aborrecían mis padres.

Al subir las escaleras el olor a bizcocho recién hecho me permitió comprobar que ella ya me estaba esperando.

–¡Pichirrín, qué alegría! –me saludó cuando estaba yo todavía en la escalera.

Entré rápidamente en la casa huyendo de sus vecinos ancianos y cotillas, y ella, para compensar lo que a mí casi me sonaba a un insulto, depositó en mis garras de lobo una fuente con el esponjoso pastel. Sonriente y baboso, deposité la bandeja sobre la mesa de la cocina para poder atacar con las manos el bizcocho. Mientras unas migas volátiles y traviesas se desperdigaban por el suelo y por la delantera de mi chándal (en casa de la abuela no hacen falta ceremonias para comer a gusto: si hay algún problema, ella barre las sobras inmediatamente), me explicó las "obligaciones" de día:

–Hoy tienes que volver a la Caja de Ahorros, Pichirrín –mi abuela Pura, desde que nací, siempre intentó olvidar que mi verdadero nombre es Kevin– y con la tarjetita esa que se mete por un agujero, sacas trescientos euros… ya sabes que yo no me apaño con las máquinas…

Pero antes de realizar el milagro de extraer de una pared los billetes, tuve que hacer algunos otros arreglos en casa:

—Antes de salir, cambias la bombilla de la lámpara de pie... No es que yo no llegue, es que con este reuma no puedo enroscarla... Después me revisas el televisor, que ha vuelto a perder el canal y ya no se ve la telenovela... Y, si te acuerdas, cuando vuelvas, compras unos clavitos para sujetarme el tacón del zapato, que ayer en misa casi lo pierdo...

La abuela, a pesar del reuma, teje una colcha gigante con motivos florales y juega al julepe con sus amigas todos los domingos, pero desde que la conozco es incapaz de colocar una bombilla, de entender el mando de la televisión o de sacar dinero del cajero, así que suspiré y me apresuré a cumplir con los encargos.

—¡Ah!, pero primero miras el teléfono móvil, que no veo si está encendido o apagado. ¡A ver si esta semana también se me gasta todo el saldo antes de usarlo!

Al salir, la abuela Pura me despidió en el descansillo con un sonoro beso en la frente y me envió hacia el cajero como si me mandara a una empresa altamente compleja y valiosa. Yo le sonreí desde las escaleras recién abrillantadas y me alejé de su casa ordenada e impoluta (la casa más limpia que he visto en mi vida) como el héroe que tiene entre sus manos el destino del mundo. "Yo soy el héroe de *Two days to die* contra el cajero automático... ¡a mí los monstruos!", podría haber dicho, y mi abuela Pura seguro, seguro que lo hubiera creído.

Cuando llegué al cajero, estaba ocupado por don Paco, mi vecino del piso de abajo. Don Paco es un jubilado de muy buen ver, viudo desde hace muchos años, y que vive con una de sus hijas, la única que queda soltera. Aquel día lucía con gran prestancia un elegante traje gris, adornado de un par de buenos lamparones en las solapas.

—¿Cómo te va, Quique? —me preguntó engolando la voz.

—Kevin, don Paco, me llamo Kevin.

—Eso he dicho, Quiken, digo, Kenquin, o como sea, qué más dará...

Don Paco salió del cajero y, ceremoniosamente, me sostuvo abierta la puerta mientras yo entraba, pero en vez de cerrarla otra vez, se me quedó mirando con aspecto de lelo.

—Usted dirá, don Paco —le avisé.

—Estooo, estooo... ¡No! ¡Tú no puedes saber HACER ESO!

—Perdone, don Paco —le dije armándome de paciencia, ya que en mi casa me han inculcado que es muy importante ser muy educado con los viejos, es decir, con las personas mayores–, pero yo he sacado dinero de aquí infinidad de veces.

—No es eso, hijo, digo Kenko. No me refiero al cajero. Digo… que si quieres ganar algún dinerillo…

Dinero, dinerillo, pasta, pelas, unos euritos… ¡Aquello se ponía muy interesante!

—Yo sé hacer de todo… ¡De todo! —contesté ahuecando la voz e hinchando el pecho como el muñeco de *Two days to die* cuando obtiene puntos-extra-plus.

Y entonces fue cuando me engañó.

Con la promesa de aquel "dinerillo" (pasta, dinero, pelas, euritos, propinilla) me llevó hasta el portal de la casa y, cuando nadie miraba, me introdujo subrepticiamente en su piso para llorarme la siguiente milonga: su hija se había ido de vacaciones ("sólo-una-semana-papá-es-imposible-que-tú-no-te-puedas-arreglar-solo-si-te-dejo-kilos-y-kilos-de-comida-preparada-y-toda-la-casa-limpia") y volvía al día siguiente. Pero como el pobre don Paco tenía algunos problemas con el *fairy* y otros extraños productos de limpieza de uso incomprensible, se veía en el horrible drama de no querer recibir a su hija con la pocilga tan desordenada y necesitaba una ayuda urgente, aunque remunerada, para poner cierto orden y limpieza en el caos que se había gestado él solito en una simple semana.

—Pero tú… seguramente no sabrás arreglar estas cosas, Koko… —y añadió, como haciendo pucheros:– ¡A mí me pasa lo mismo!

Pero yo, desgraciadamente, sí sabía. ¡Yo sí sabía!…

Lo que no sabía es que el avaro de don Paco me iba a pagar sólo ocho euros con cincuenta por dos arduas horas utilizadas lamentablemente en fregar una montaña gigantesca de platos sucios, en barrer una cocina poblada de migas durísimas y cagadas de insectos, en ordenar en el armario una pila interminable de prendas semiusadas y guardar en el cesto de la ropa sucia otro gran montón, que había que lavar… ¡Por ocho euros con cincuenta! *¡Porca miseria!*

Al concluir felizmente mis labores, don Paco me acompañó solícito hasta la puerta para despedirme con la más afable de sus sonrisas hipócritas.

—Muchas gracias por todo… pero, de esto, ¡ni una palabra a mi hija…!

Cuando ya me alejaba escaleras arriba, añadió en voz baja sustituyendo la risa por una mueca amenazante a la vez que alzaba una ceja:

–Nosotros no nos hemos visto, –y añadió con intención:– ¿verdad, Kevin?

Mi madre dice que yo pienso poco, dice que se me va la fuerza por la boca y que debo ejercitar las neuronas mentales para madurarme a mí mismo (o algo parecido que no recuerdo bien); pero mi madre, en realidad, me conoce muy poco. Porque yo MEDITO. Pienso y medito constantemente. Es más, pienso y medito constantemente PARA MEJORAR EL MUNDO.

Por eso abordé en el recreo a Marta Marilina, la nieta de don Paco, con la intención de exponerle mi idea.

El plan era realmente sencillo. Si mi abuela sabe hacer perfectamente todas las cosas de la casa, sin que nunca sea posible encontrar ni una sola mota de polvo, ni un miserable microbio escondido, con una perfección absoluta y palmaria... Si su abuelo sabe sacar dinero del cajero, si controla todos los mandos de la televisión con sus distintas funciones en relación con los aparatos de video, DVD y similares... Si cada uno sabe hacer LA MITAD DE LAS COSAS, pero SÓLO LA MITAD... Puntos suspensivos. ¡Era muy sencillo! La solución caía por su propio peso.

Sin embargo, cuando conseguimos reunir a los dos abuelos con la buena intención de arreglarles la vida, las cosas no resultaron como habíamos previsto. En primer lugar, ¡ellos no tenían por qué haberse reído tanto! No sé qué pensó Marta Marilina, pero yo al poco rato me sentí realmente ridículo. En segundo lugar, doña Pura y don Paco se conocían desde hacía muchos años y, según decían, por eso mismo no estaban dispuestos a casarse de nuevo. Ya eran viudos... ¡Con una vez ya tenían bastante! Admitían que sí, que era cierto: es muy triste saber hacer sólo la mitad de las cosas... pero ya llevaban demasiado tiempo cultivando exclusivamente lo suyo. Y entonces nos dieron la prueba inequívoca de que su casorio era imposible, porque comenzaron una discusión eterna y llena de mutuos improperios acerca de cuál de sus dos especialidades era más importante: saber alimentarse y cuidarse a sí mismo o saber hacer las gestiones de fuera de casa. Después de unas cuantas indirectas e incluso algunas ofensas contra el género masculino o femenino en general, nada más estuvieron de acuerdo en una sola cosa:

–¡Ah, los jóvenes! Vosotros podréis. Vuestro caso es distinto...

–Nosotros ya hemos olvidado aprender, pero vosotros seréis capaces de hacer todo junto, y no la mitad que a los mayores nos correspondió en nuestra época…

Cuando nos alejamos Marta Marilina y yo, aliviados por huir del mal trago, aún nos miraban con una sonrisa común, entre complacida e indulgente.

–¡Ah, la juventud! ¡Quién la pillara! ¡Ojalá se pudiera empezar desde cero!

MENCIÓN ESPECIAL
Sara Gisbert Beneito
España, 2000

LA GRAN CARRERA DE BICIS 2013

En un pequeño pueblo de la montaña llamado Alfafara, vivían tres niños que se llamaban: Pablo, María y Sara. Estaban muy impacientes porque estaban preparándose para una carrera de bicicletas que era muy importante para ellos ya que llevaban mucho tiempo entrenando. Ellos querían ganar porque se lo merecían. El premio era una copa de oro para todo el equipo o grupo que hubiera ganado y una medalla para cada un@. Los tres niños sabían el recorrido de memoria, ¡lo habían recorrido tantas veces! El recorrido consistiría en subir arriba del todo de la montaña más alta que había en el pueblo después bajarla y darle la vuelta. El primer niño o grupo que llegara primero se llevaba el primer premio.

Por fin llegó el gran día de la carrera, pero... no había muy buen tiempo, parecía que fuera a nevar, el frío llegaba casi a los -6°c. Nadie sabía qué estaba pasando porque la otra noche hizo mucha calor. La gente no encontraba ninguna explicación a ese evento que estaba ocurriendo. Pero nuestros protagonistas no se rindieron tan fácilmente, para ellos ni el tiempo ni nada los podría parar. Ahora solo faltaban dos minutos y medio para que empezara la carrera de bicis que todos estaban esperando con mucho entusiasmo.

¡¡¡Ya!!!, gritó el árbitro, y los niños empezaron a pedalear sus bicis a toda máquina, pero no sabían que María, Pablo y Sara eran tan buenos. Justo cuando los participantes estaban a punto de llegar a la montaña empezó a nevar muy poquito pero, cuando se dieron cuenta y estaban arriba del todo, dio comienzo una gran tormenta de nieve y granizo. Como estaban tan arriba, ahora no podían bajar, pero Pablo recordó una cueva donde habían ido dos o tres veces, entonces decidieron ir a esa cueva para refugiarse. Como había niños de todas las edades, los más pequeños que como muy poco tenían siete años, estaban un poco más asustados que nuestros protagonistas, que tenían doce años. Por suerte, algunos habían llevado comida, así que decidieron compartirla entre todos los demás niños. Se hacía tarde y la tormenta no paraba, así que resolvieron quedarse allí a dormir esa noche.

Al despertar del día siguiente no nevaba. La tormenta había pasado pero los caminos estaban hechos un calcetín y aun así cogieron la bicis, se pusieron los cascos y se fueron a acabar la carrera que se habían dejado a medias el día anterior.

Estaban bajando todos cuesta abajo pero con mucha dificultad, porque aún había mucha nieve en el camino, a pesar de que ya había vuelto el buen tiempo de siempre.

Y para arreglar más el asunto de la carrera, cuando aún no habían acabado de bajar toda la cuesta como podían, se toparon con una asombrosa cortina de lluvia que se acercaba a ellos muy rápido. Todos se preguntaban qué hacer, pero una niña muy pequeña comentó que por ahí cerca había un mas abandonado en el cual no vivía nadie. Exactamente un poco más abajo se encontraba ese mas. Fueron todos corriendo para refugiarse de esa enorme cortina de agua que se les venía encima y llegaron justo a tiempo, fue entrar y enseguida oyeron la lluvia como pasaba por encima del mas abandonado y por las ventanas se podía ver perfectamente toda la lluvia que estaba cayendo. Esa cortina de lluvia tardó media hora en pasar toda entera. En esa media hora los niños empezaron a jugar: al veo veo, al zapato por detrás, al escondite, etc..., pero cuando pasó la lluvia fue como un remolino, todos los niños corrieron a por sus bicicletas y fueron corriendo para acabar de bajar la cuesta y por fin poder concluir esa carrera que tanto les estaba costando terminar. Como un rayo de luz, María, Pablo y Sara ya habían cogido sus bicis y estaban en la cabeza de esa gran carrera.

Cuando acabaron de bajar la cuesta, solos les faltaba dar la vuelta a la montaña siguiendo el camino correcto y llegar el pueblo, donde las madres estaban muy preocupadas por lo que les habría podido pasar a sus hijos.

Ellos ya estaban viendo la meta, oían a las madres como les llamaban, les animaban desde lo lejos. Ellos llevaban toda la carrera siendo los primeros, pero ahora, como estaban tan cansados, les costaba más que antes mantener su posición de ganadores, incluso antes de cruzar la meta casi les gana otro concursante pero hicieron un último esfuerzo y aceleraron. Así, con mucho esfuerzo, muchas ganas y con mucha alegría, consiguieron ganar la carrera que durante tanto tiempo les había costado preparar.

Los demás también se llevaron una medalla conmemorativa del evento. Sin embargo, a ellos les dieron el primer premio y unas medallas que ponía lo mismo que las otras, pero con sus nombres grabados.

Estaban muy felices al ver que todo su empeño y dedicación había servido para algo, y se dieron cuenta de que todo lo que se propusieran, si le ponían un poco de empeño, lo podrían conseguir.

MENCIÓN ESPECIAL
Lara Suárez-Mira Reija
España, 2003

LAS CARACOLAS DEL DESTINO

Existe un pequeño pueblo con un inmenso mar que resulta muy atractivo para todos los que viven allí. Da igual la edad que tengan, pequeños y mayores se sienten atraídos por el color, el movimiento de las olas, el olor y, a veces, el sabor. En ocasiones sabe a chicle, en otras a cerezas y, algunas veces a algo que... no os puedo contar, ¡ya lo descubriréis!

Era el primer día de clase porque se había acabado el verano y Hugo, Dani, Lara y Patricia se hicieron amigos en cuanto cruzaron las puertas del colegio. Hasta ese momento no se conocían pero entre ellos se estableció un lazo que nunca se rompería.

Para empezar bien el curso, la profesora Mª José decidió llevarlos a la playa. Una vez allí, los cuatro niños no pudieron resistirse, y se tiraron al mar. Bajo el agua, ¡podían respirar! ¡Increíble! Escuchaban un lejano pitido, un sonido que los atraía de manera irresistible. Tal vez era un canto de sirena, el silbido de una caracola, la sirena de un barco, o cualquier otra cosa que no eran capaces de reconocer.

Avanzaron muy lentamente, con cuidado, sigilosos, para descubrir el origen de aquel atrayente sonido. Se miraban unos a otros, asustados, porque se habían alejado demasiado de la costa.

Su profesora Mª José, preocupada por ellos, pidió ayuda a los demás niños para encontrarlos porque ninguno sabía dónde estaban. Nadie los había visto y cada vez se angustiaban más por ellos. Decidieron llamar a su profesor de matemáticas, Juan, que era muy valiente y seguro que encontraba una solución.

Mientras eso sucedía en la orilla, Lara y Patricia, agarradas de la mano, continuaron avanzando hasta que tropezaron con un barco hundido que les recordó las historias que habían leído sobre el Titanic. Los niños las seguían y entraron todos juntos a través de una puerta que les llevó a un universo paralelo en el que los humanos eran los prisioneros de las criaturas de las profundidades marinas. Pulpos, calamares, tiburones y otros bichos similares causaban naufragios y encarcelaban a los pobres navegantes convirtiéndolos en sus prisioneros. Sólo las sirenas se preocupaban por los humanos.

Las bondadosas sirenas tocaban con las caracolas mágicas una melodía que sólo las personas como ellos podían escuchar. Una de ellas se acercó a Lara y le dijo:

–Tú tienes el poder del agua y con él nos podrás ayudar a liberar a todos los seres humanos que están encerrados aquí.

Otra se dirigió a Patricia y le dijo:

–Tú tienes el poder del viento y podrás mover las olas para que podáis escapar.

Dani y Hugo se sintieron excluidos, porque ellos sólo tenían el poder de la autodefensa. Una sirena les dijo:

–No os preocupéis. ¡Valéis mucho! Y os necesitamos para liberar a los prisioneros de sus cadenas y destruir al malvado calamar que lo dirige todo.

Los niños decidieron actuar con rapidez. Siguieron a las sirenas y vieron en las caracolas mágicas lo que había sucedido en el pasado, lo que estaba ocurriendo en ese momento y lo que pasaría en el futuro. Con esa información, se acercaron a las celdas de fuego en las que retenían a los prisioneros. ¡Era absurdo! ¿Cómo podía arder bajo el agua? La explicación estaba delante de sus narices: el poder de Lara era lo único que podía apagar ese fuego infernal y ella supo usarlo bien. En pocos segundos, el fuego dejó de arder.

Apareció un gigantesco calamar con el que Hugo y Dani pelearon hasta vencerle y rompieron las cadenas que sujetaban a los prisioneros. Todos salieron corriendo, sin mirar atrás.

Patricia creó un camino entre las aguas, formando olas y levantando arena. Su poder logró que se formase un enorme torbellino que arrastró al calamar (que les pisaba los talones) hacia el abismo.

Habían ganado la batalla y las sirenas muy agradecidas les regalaron unas caracolas que se colgaron del cuello. Con ellas podrían llamar a sus nuevas amigas si necesitaban su ayuda. Y la iban a necesitar porque… ¿Cómo explicar lo que les había sucedido?

Llegaron a la orilla. ¡Se había organizado un buen lío! Tras la alegría del reencuentro, sus profesores decidieron que debían ponerse a copiar 500 veces "no puedo escaparme sin permiso de mis profesores". Los niños decidieron utilizar sus caracolas mágicas y las sirenas se acercaron a la orilla para explicar lo sucedido.

Tras su aparición, los profesores decidieron perdonarles el castigo y volver a creer en la magia.

¿Ya habéis descubierto a qué sabía el agua? ¡A destino! Nunca te debes rendir.

¿Habéis descubierto ya el significado de los sabores? Pasado, presente y futuro. El pasado sabe a chicle, porque lo masticas y va perdiendo su sabor inicial. El presente, a cerezas, porque son mi fruta preferida y me las como a todas horas. Y el futuro… a destino, porque es algo que tú puedes elegir en función de lo que hagas.

¡¡¡Hasta la próxima aventura!!!

GUSANOS

Por fuera roja, por dentro blanca, así es mi casa de manzana.
¿Qué una manzana es muy pequeña?
No es así si mides como gusano.
¿Qué una manzana se pudre rápido?
No es así si vives como gusano.
¿Qué una manzana es muy sabrosa?
Ves, ya estás pensando como gusano.

Mi casa de manzana cayó de un árbol, es roja, muy roja, tiene un prolijo jardín con césped cortado a vaca, a veces pienso que sería mejor tener una cortadora que no se coma las flores, aunque un caballo sería peor porque también come manzanas.

Aquí el viento hace de cartero, ayer me trajo una carta de Lauro, mi primo de la ciudad. Está bien instalado en el barrio Purobache, también vive en una casa de manzana pero caída de un camión, por lo que me cuenta debe ser un árbol con macetón de ruedas, una mezcla rara de semillas porque aunque Lauro eligió una manzana también le cayeron naranjas, peras, cebollas y papas. El prefirió esa porque no era toda roja, tenía rayas amarillas, rojas y verdes: los gusanos de ciudad suelen tener gustos raros.

Mi árbol florece blanco en primavera y deja que las abejas se hagan polleras con sus pétalos. Es suave la vida en el campo, sólo los truenos me asustan; los truenos y los pájaros, los primeros porque son como un terremoto y los segundos porque comen gusanos, aunque yo siempre me escapo y si alguno se me acerca aplico la técnica de la rama: me estiiiro y me quedo durito, bien quieto, cierro fuerte los ojos y espero… me confunden con un palito y me dejan a un lado. Lauro, en cambio le teme a los gigantes, a los bichos ladrones, a las ruedas y ¿¡a los zapatos?!: los gusanos de ciudad suelen tener miedos raros.

Mis puestas de sol a veces me emocionan igual que las estrellas fugaces. Lauro dice que a él le fascinan las luces y las bebidas, le gusta investigar botellas, yo estoy seguro que exagera para hacerme reír, dice que toma líquidos con burbujas que le hacen cosquillas en la panza y lo inflan como globo y que cuando se desinfla ruge como puma, con otras bebidas su cuerpo hace piruetas y por más que se quede quieto siente que su cabeza hace circulitos. Lo mismo me pasa a mí cuando veo a Belinda, aunque siento los circulitos en el corazón: los gusanos de ciudad suelen tener circulitos raros.

Lauro quiere que un día de estos vaya a visitarlo, pero yo ni loco me subo a un pájaro, menos a una paloma por más mensajera que sea, además aquí está Belinda y mi árbol que cambia de colores.

¿Qué podría hacer un gusano de campo en la ciudad?

Sin duda me sentiría un bicho raro.

MENCIÓN
Ileana María Rodríguez Ramos
España, 1960

PEPITO SANTIAGO Y SU MASCOTA RAFAELA

A Pepito Santiago, como a casi todos los niños del mundo, le gusta ir por las tardes al parque, unas veces a jugar pelota, o bolas. Otras a montar bicicleta, patines o carriola. Él tiene un montón de amigos y se divierte mucho jugando con ellos.

Un día, Pepito Santiago apareció en el parque acompañado de una mascota que nadie había visto antes. El animalito caminaba con timidez a su lado, el niño lo llevaba atado por el cuello, con una ridícula cadena tejida en estambre rosado. Muy orgulloso, la presentó a todos, se llamaba Rafaela y era verde, porque era una lagartija, aunque anduviese como si fuera un perrito.

A pesar de que los demás niños no lo entendieran, Pepito y Rafaela se hicieron muy amigos. Él la había encontrado una mañana en que ella llevaba los ojos del tamaño de una pelota de pin pon, y ¡con una moleeeestia!..., que la tenía medio entretenida. Pepito Santiago, como siempre tan curioso, la atrapó por la cola, la observó sin hacerle daño y descubrió varias picaditas de hormigas en sus minúsculos párpados.

El niño cuidó de Rafaela durante muchos días. Por las mañanas, con un gotero, le ponía en cada ojo una gotica de una medicina que se llama "Visine". Por las tardes con una gacita, le tapaba los ojitos con fomentos de cocimiento de vicaria que él mismo preparaba. Mientras ella estuvo enferma, él la mantuvo muy resguardada y acomodada en una cajita, para que nadie le hiciese daño. Para alimentarla cazaba moscas y mosquitos.

Cuando por fin se curó y sus ojos volvieron a ser de su tamaño normal, la lagartija se había acostumbrado tanto a la cariñosa compañía de Pepito Santiago, que se quedó para siempre, cerca de donde él estuviese.

Rafaela, como todas las lagartijas del mundo, sabía volver su piel de distintos colores. Cuando tomaba el aire fresco en el marco de la ventana blanca del portal, su piel parecía de nieve. Allí, para que no la descubrieran, cerraba sus ojitos negros, porque a estos no los podía cambiar de color. Sobre una hoja de tabaco, se vestía de carmelita, y en una de limón, su piel se tornaba de un verde muy claro. Esto lo hacen las lagartijas para camuflarse, eso quiere decir: esconderse. Por eso, los pajaritos que andan buscando esos animalitos para comérselos de merienda, se conforman al final con una fruta. Porque no los encuentran.

Si los niños pudiéramos cambiar nuestro color cuando quisiéramos, como saben hacer las lagartijas, nos divertiríamos mucho. Para la maestra sería un gran problema, nunca sabría en verdad quien hizo la tarea o no, la escucharíamos decir:

–Que venga a la pizarra el niño verde que está allá atrás y que ayer era amarillo.

¡Se armaría tremenda confusión!

Pero esta insólita cualidad no le bastaba al niño del cuento y ya verán lo que le sucedió.

Un domingo de verano, su hermano mayor lo llevó al circo. Pepito Santiago nunca había visto las maravillas circenses y quedó encantado en aquel lugar de colores, arlequines y luces. Las narices rojas y los zapatos gigantes de los payasos, lo desternillaron de risa.

Con las piruetas del malabarista sobre la cuerda floja, estuvo un buen rato sin respirar y boquiabierto.

El mago, ah…, el mago lo sorprendió. ¡Desapareció al conejo con zanahoria y todo!

Del circo, lo que más asombró a Pepito Santiago, fue un señor muy elegante que trajo en una maleta pequeñita, un perro salchicha, tres gatos flacos y dos jirafas muy estiradas, todos amaestrados.

El perro parado en su dos patas de atrás, bailó mambo y cha cha chá, ¡sobre una pelota!

Los gatos maullaron en francés.

¿Y las jirafas?, ¡jugaron parchís con los niños del público!

Al terminarse la función, los dos hermanos retornaron a casa encantados por el espectáculo. Esa noche Pepito Santiago se dijo a sí mismo que su lagartija no era menos que aquellos simpáticos animales de circo y decidió… ¡amaestrarla!

A partir de entonces, Pepito Santiago asumió, con toda seriedad, su propósito de convertir a Rafaela en una "supermascota". En pocos días enseñó a la lagartija a jugar beisbol, ella aprendió a pararse en sus dos paticas traseras y a sostener con las delanteras, el bate (que era un fósforo). La pelota al principio no quería jugar con ella, pero poco a poco Pepito la convenció y la lagartija pudo por fin batear un jonrón.

En su arduo aprendizaje, la lagartija fue a parar varias veces a la Clínica veterinaria, pues sufrió algunos accidentes. Aprendiendo a montar patines, por ejemplo, se cayó y se le hizo un chichón del tamaño de un melón. Luego aprendiendo a comer con una cucharita de juguete, ésta era tan chiquita que por poco Rafaela se la traga de un bocado; trabajo le costó a Armando el veterinario, sacarle el cubierto de la garganta a Rafaela.

Al final, la lagartija aprendió un montón de cosas: a bailar merengue, danzón y hasta yeyé, a tocar el piano mejor que Chucho Valdés, a hablar español, inglés, chino y japonés. Pero a Pepito Santiago todo le parecía poco y no dejaba descansar a su amiga. Él ya no quería que Rafaela fuese una lagartija, ni siquiera la dejaba cazar bichitos en las matas con sus amigas, sólo quería tener una supermascota.

Como no se conformaba, pensó que su lagartija no sería nadie importante hasta que no aprendiera a leer y a escribir correctamente.

Rafaela estaba muy cansada y observaba muy preocupada, que cada día, poco a poco, olvidaba cómo comportarse como una lagartija normal. Por eso, cuando aprendió a escribir, le dejó a Pepito una nota y desapareció. La nota decía así:

"Querido Pepito

Antes eras un niño bueno, me querías sin importarte que yo fuera una simple lagartija. Me cuidaste cuando estuve enferma y me enseñaste muchas cosas. Siempre te estaré agradecida y seré tu amiga. Yo traté de complacerte en todo, ahora debo regresar y cumplir con las funciones que me tocan dentro de nuestro hermoso mundo, pues la naturaleza me está reclamando,

Aquí te dejo un gran beso verde, de tu,

Rafaela"

Cuando Pepito leyó la nota, se puso muy triste y comprendió que había sido injusto con su querida amiga. Entonces salió a buscarla por todas partes. Quería que ella lo perdonara y volviera a ser su amiga como antes.

Pasaron muchos días y cuando ya casi se daba por vencido, una lagartija igualita que Rafaela se le atravesó en el camino. El niño, medio desfallecido de tanto caminar, al verla, recobró la alegría. Pensaba que había encontrado a su amiguita y se agachó para darle un besito.

–¡No, no, yo no soy Rafaela! Me llamo Manuela –dijo la lagartija.

—¡Ah!, qué pena, pensé que eras mi amiga porque te le pareces mucho —le respondió muy triste Pepito Santiago.

—Yo conocí a tu amiguita… —le dijo de pronto Manuela y añadió— La pobre, un niño le enseñó tantas cosas de su mundo, que un buen día se la comió un gorrión, porque olvidó hacer lo más importante para ella: cambiar de color.

Pepito empezó a llorar tanto, que la lagartija abrió una maletica que traía consigo, de ella sacó una sombrilla primero y después un salvavidas para no ahogarse en las lágrimas del niño. Muy conmovida, por ver a Pepito Santiago tan arrepentido, le explicó que cada especie tiene sus propias responsabilidades que no puede olvidar, y que hay que respetar el mundo de los animales.

Viendo que el niño había comprendido su error, la lagartija se le subió por el pantalón hasta la carita y fue entonces que dándole un besito, le dijo:

—Bobito, si yo te quiero a ti, así como eres y nunca te he pedido que aprendas a cambiar de color: ¡Yo, soy Rafaela!

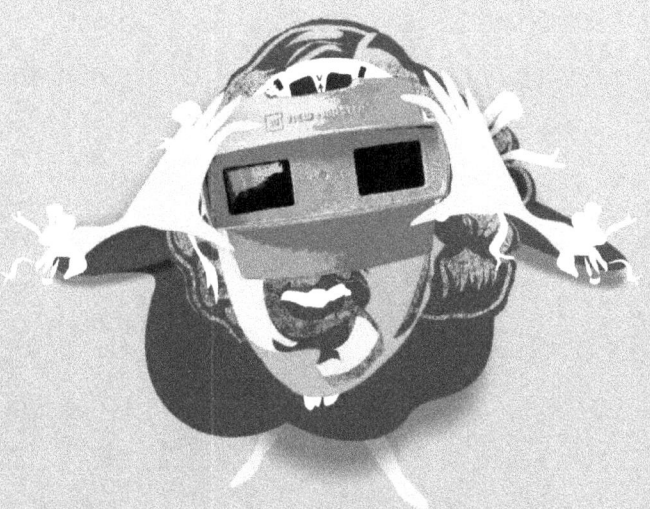

Liliana Romero
Argentina, 1968

EL DOMADOR DE VOLCANES

Desde que pertenezco al Gran Circo Flotante, yo, un simple sapo –soy modesto, aunque algunos ya me conocerán, soy el sapo Vicente. He visto muchos artistas importantes, extraños y fantásticos, algunos con historias muy particulares, pero de todos ellos el más sorprendente es el LANZA LLAMAS.

Este extraño señor estaba siempre solo en algún rincón del circo. Se sentaba y con las manos apilaba un montoncito de tierra para armar una mini montaña, parecía un hormiguero, después soplaba y de la punta de la montañita quedaba prendida una llama de fuego. Había que tener cuidado porque en los días en que estaba más nostálgico, sus suspiros eran llamaradas y si uno andaba cerca podía quedar todo chamuscado.

Era raro verlo charlar con alguien, en cambio conmigo había desarrollado una íntima conexión. A mí me gustaba mucho acercarme despacio, de a saltitos, y sentarme junto a este hombre que llevaba el pelo siempre atado para no quemárselo con sus estornudos

El Lanza Llamas me acariciaba la cabeza y sin muchas vuelta comenzaba a hablar, aun sabiendo que yo no podía contestarle, los sapos discretos como yo, solo escuchamos.

– ¡Hay…. si pudieras ver mi país! –me dijo un día– Es una tierra inmensamente plana, llena de volcanes sin árboles, sin mares ni ríos y yo aquí, en medio del agua, la extraño tanto…

Yo supuse que me hablaba de su tierra pero después entendí que no era su país lo que extrañaba.

– Los volcanes, señor sapo, son unas montañas muy muy grandes que lanzan fuego por sus bocas y con sus llamas pintan el cielo de naranja… así…

El Lanza llamas sopló una bocanada de aliento que se transformó en una llama larga y anaranjada que se perdió en el aire en forma de burbuja.

Creo que mis ojos se abrieron más de la cuenta.

—Jajaja, no se preocupe no lo voy a quemar. En mi tierra, los domadores de volcanes no usamos látigos, aprendemos el lenguaje volcánico para poder caminar entre ellos.

Muy tranquilo siguió su relato.

—Del otro lado de mis tierras, cruzando la cadena de volcanes, había una aldea con casas pequeñas, todas muy juntitas apoyadas sobre una isla en medio del río. Como se podrá imaginar a mí no se me permitían ir a ese lugar. Ya sabemos que el agua y el fuego no se llevan bien. Mi padre, el Gran Domador, se preocupaba por enseñarme todos los trucos del lenguaje volcánico. Desde muy pequeños nos parábamos frente a las montañas. Primero se saludaba con una reverencia al volcán, después soplábamos fuerte para que nuestro aliento llegara a la cima, y así nuestro perfume entraba por su boca. Si éramos bienvenidos, la montaña lanzaba una llamarada al cielo en señal de aprobación. Otras veces, el volcán despertaba de mal humor y no respondía de buena manera, entonces mi padre el Gran domador soplaba y lanzaba fuegos tan grandes que hacían temblar a todo el mundo volcánico. Esos duelos eran geniales, papá siempre ganaba. Así aprendí mi arte.

Un día cuando yo estaba bien grande quise ir a la aldea del otro lado de mi tierra. Me dispuse a cruzar presentándome con los volcanes como me había enseñado mi papá. Sorprendentemente los volcanes no fueron amables conmigo y no me dejaban pasar. Yo que era muy Inmaduro seguí insistiendo. Usé todos mis trucos y fue un gran duelo de llamaradas en el cielo. Yo daba un paso a la derecha y una bocanada de fuego en forma de mano me cerraba el camino. Otro salto a la izquierda y el fuego se transformaba en la gran muralla china.

Tanto fue mi enojo por no poder pasar, que tomé carrera, y trepé por el volcán más viejo pensando que sería el que menos fuerza tenía. Por supuesto me equivoqué. De un soplido volé hasta más allá de las nubes y mientras caía del cielo pude ver la aldea del otro lado de mi país. Esa fue mi perdición. Mientras volaba para estrellarme contra el suelo, parada en la orilla del río, vi a la mujer de mis sueños. Y decidí que pasaría mi vida buscándola. Tanto escándalo se armó, que mi padre y toda mi aldea vino corriendo hasta el lugar. Ya era tarde, yo había logrado llegar hasta el límite y estaba a pocos metros del río que me separaba de la isla. Cansado y agitado me quedé dormido en la orilla.

Al despertar el cielo estaba color violeta y algunas estrellas lo salpicaban. Mi pensamiento estaba ocupado en cómo llegar hasta mi aldeana, cuando algo me distrajo. Un eclipse.

En ese momento el sol se acercaba a la luna queriéndola tapar, pero eso no fue nada comparado a la sorpresa que me llevé cuando vi un circo saliendo del río. Unas medusas gigantes saltaban de un lado a otro, las telas de la carpa al levantarse chorreaban agua como cataratas. Uno segundos más tarde, todo el circo apareció ante mí.

Parado en medio de la arena no podía dar ni un paso, con los ojos clavados en la escalinata de circo vi aparecer a una mujer. El circo no tocó nunca la arena de la playa. Desde arriba de la escalinata me preguntó:

– ¿Cuál es tu talento?

– Soy domador de volcanes y puedo hacer dibujos con llamas anaranjadas en el aire –contesté, ahora puedo reconocer que fui muy altanero.

– ¡Qué bien! Muéstrame –dijo la mujer.

Yo tomé todo el aire que pude y soplé con mucha fuerza. De mi boca salieron cientos de caballos de fuego que salían corriendo y se desvanecían en burbujas.

– Mmm… no está mal –dijo sin mucha emoción la señora–, ¿y cuál es tu deseo?

Sin pensarlo dos veces contesté:

–Mi mayor deseo es poder entrar al río…

Y antes de terminar la frase, unos banderines que colgaban de una gran soga se desprendieron, volaron como gaviotas hasta donde yo estaba, me tomaron del brazo y en un segundo estaba a bordo del circo que comenzó a sumergirse.

Esa es mi historia.

De no haber sido tan vanidoso aún estaría en mi tierra de volcanes.

Una lágrima se le escapó y apago la llamita que intentaba salir de su suspiro.

Como sapo viejo sabía que tanta nostalgia solo se cura de una manera. Me fui saltando a buscar a mi ama. Todos los sapos que no somos salvajes –¡y yo, por Dios Santo, no lo soy!– tenemos una ama. La mía se llama Anida y es una adivinadora, puede leer el futuro en las manos de la gente.

Cuando el Lanza llamas le mostró sus manos comenzaron a formarse figuras hermosas, saltaban chispas de colores, caballos voladores, flores, lunas y soles.

Según Anida eso era augurio de un gran amor.

Todos los artistas se acercaron a ver tremendo espectáculo y entre todos esos seres el Lanza llamas vio unos ojos que le resultaron conocidos. Era la aldeana de la Isla, la señorita que vio mientras volada cuando peleaba con los volcanes y nunca pudo olvidar.

Con Anida nos miramos y decidimos irnos, hay que ser discretos en los momentos en que el amor está naciendo.

Clara Álvarez Domínguez
España, 1981

EL FABRICANTE DE NUBES

En un pico muy alto y solitario existe un castillo de bruma y cascadas. Es el hogar de Banú, el Fabricante de Nubes. Soplando en su tuba gigante, Banú crea todas las nubes del cielo. Cuando la música es dulce y suave, las nubes son blancas y ligeras. Cuando la música es rápida y alegre, las nubes van cargadas de lluvia saltarina.

Una mañana de noviembre, Banú partió en busca de amigos. En una torre lejana hecha de hoja y de piedra vivía Alisea, la creadora de los vientos. Cuando Alisea bailaba con sus grandes abanicos, las brisas y vendavales escapaban por los ventanales de su torre.

Al ver a Alisea danzar, Banú se sintió alegre y decidió tocar para ella. Cuanto más tocaba Banú, más giraban los abanicos de Alisea. Y cuanto más bailaba ella, más nubes cubrían el cielo. Pronto, el viento helado de la danza de Alisea congeló las gotas de agua que caían de las nubes, convirtiéndolas en blancos copos de nieve.

Una mañana Banú y Alisea se asomaron a los balcones de la torre y descubrieron que el mundo estaba cubierto de nieve y escarcha. Decidieron que había llegado el momento de separarse. El mundo necesitaba del sol y los vientos cálidos que trae la Primavera. Banú se despidió de Alisea, prometiendo regresar al año siguiente.

Y desde entonces y por siempre, Banú visita a Alisea todos los inviernos. Cuando el cielo se cubre de nubes, vientos y nieves ellos están juntos y alegres, tocando, riendo y bailando.

Y cuando llega la Primavera Banú regresa a casa. Pues hay un tiempo para estar con amigos y un tiempo para estar sólo. Un tiempo para el Invierno y otro para la Primavera.

Daymé García Rodríguez
USA, 1986

LA MAGIA DE LUISA

Luisa sabía que había nacido para grandes cosas, aunque el mundo a su alrededor intentara hacerle creer a diario que no era cierto.

–¡Vamos, Luisa! ¡Despierta que debes llegar temprano a la escuela! –le decía su mamá, dándole el beso de buenos días.

Su mami era su fiel compañera de aventuras y sueños. Siempre le aseguraba que ella podría lograr todo lo que ella anhelara, mientras lo creyese y trabajara duro para alcanzarlo. El sueño de Luisa era nada más y nada menos que hacer magia sobre zancos, trabajar en un circo viajando por el mundo y llevando alegría a otros niños. Pero en la escuela sus amigas no la entendían y eso le hacía sentir muy triste.

Margarita, por ejemplo, se burlaba diciéndole:

– ¡Es imposible! No hay nadie en este pueblo lejano que te pueda enseñar trucos y mucho menos a andar en zancos.

Luisa perdía el entusiasmo por momentos. Pero recordaba las palabras de su madre, y volvía a creer en sus deseos. Una tarde, justo con el arribo de la primavera, con trompetas y platillos, llegó por primera vez al pueblo el circo "Felicidad".

Luisa se sentía muy entusiasmada, especialmente cuando tuvo la oportunidad de conocer a Pablo Coliflor, el malabarista, que a su vez le presentó a Susie Libélula, la maga del circo. Luisa no perdió tiempo y le contó a ella sus fantasías y para sorpresa, esta le prometió enseñarle sobre trucos y más, solo con una condición: que practicara todo el tiempo que pudiera y no se desalentara los días en que no lograra que la magia saliera bien pues, si lo hacía, ella perdería el encanto de poderle enseñar. Luisa comenzó por aprender a deslizarse por el aire sobre los zancos. Se sentía libre como las mariposas y ligera como las nubes. Y es que en verdad había aprendido con tanta agilidad, que Susie un día la elogió diciéndole que parecía como si ella hubiera nacido encima de ellos.

Luisa se esforzó todas las tardes después que terminaba su escuela. En las mañanas, cuando aún el sereno mojaba sus piececitos desnudos, practicaba lo que la maga le había enseñado la tarde anterior. Hubo días en los que pensó desistir. Hubo tardes en las que las dudas y el cansancio la atacaron y casi la vencían pero, mágicamente, las palabras de su madre poblaban su mente. Así pasó Luisa toda la primavera hasta la llegada del verano, cuando tendría lugar su primera presentación, justo con la despedida del circo. Su madre le confeccionó el más bonito y alegre traje, que consistía en una túnica con alas de mariposa y el cual Luisa prefirió llamarle atuendo mágico, pues la hacía sentir segura y feliz.

El gran día llegó y la magia cobró éxito en sus manos, con burbujas de jabón y brillos tirados al aire para sus amigos del pueblo, que la aplaudían a su paso sobre los zancos azules.

Luisa fue presentada al público por su querida maestra Susie, y ella realizó con mucho éxito todos los trucos de magia aprendidos.

Así fue como, entre sonrisas y lágrimas, Luisa hizo realidad sus sueños y demostró que las ilusiones sí pueden lograrse con esfuerzo y dedicación.

Nieves Fernández Rodríguez
España, 1958

EL CUENTO QUE NO SE QUERÍA CONTAR

Había una vez... Érase una vez... Érase que se era... En un lugar muy lejano...

Hoy vengo un poco dubitativa, no estoy segura del cuento que os quiero contar. Creo que el mismo cuento no quiere ser contado.

Bueno, empezaré por el principio que es por donde se empiezan todas las buenas cosas, porque si empezamos por el final llegamos enseguida a comernos las perdices y las pobres no tiene culpa de que yo esté hoy, iba a decir hambrienta, no, sólo un poco olvidadiza y este cuento un poco rebelde.

¡Un cuento os quiero contar pero, creo que no quiere contarse, aunque yo lo cuente, me tendréis que ayudarrrrrrrrrr!

Puedo empezar, ¿no? Gracias, por ayudarme. Vamos a comenzar.

Había una vez un niño, ¿o era una niña?, bueno da igual, ¿de verdad es igual que el cuento sea de un niño o una niña? Claro, a lo mejor si es una niña el cuento tiene menos acción o se defiende peor si le hacen daño, o es más aburrido para los niños. ¿Pensáis que todo eso puede pasar en un cuento para niñas? En cambio, si el protagonista es un niño, puede ser el cuento de un niño fuerte, valiente, que siempre vence a los personajes malos.

Si todo eso que estamos diciendo es cierto, entonces nuestro cuento ya tiene título, se llamará ESTEREOTIPO que es como decir que es el cuento de un tipo muy feo que tenía unos pinganillos en estéreo en las orejas que le hacían escuchar las cosas siempre de la misma forma. Vamos, que Caperucita siempre será la pobrecita niña que huye del lobo peligroso. Y el patito feo, siempre será un cisne bello, pero no podrá ser nunca, por ejemplo, una gaviota con SÚPER PODERES. Al tipo este, o Estereotipo borde y malhumorado, nunca le escucharás contar un cuento al revés, pues no llegará nunca un cuento nuevo a su pinganillo.

46

¡Que levante la mano quien quiera que el personaje principal sea niño!

Entonces, vamos a inventarnos el cuento de un niño. Bueno, pues se me ocurre que el niño en cuestión podía ser tan bueno y tranquilo que las niñas se reían de él. Vamos a ponerle un nombre. Puede llamarse A, A de Asier, A era callado pero muy inteligente, le gustaba mucho leer y estudiar, tanto que no salía nunca a la calle a jugar. Vamos a ayudar todos a A. ¿Qué podemos hacer para ayudar a Asier? Yo creo que debe jugar más. Y vosotros, ¿qué pensáis?

Aquí voy a escribir vuestras respuestas:

1ª..

2ª..

3ª..

4ª..

Con la respuesta que más nos guste seguiremos contando el cuento hasta llegar a las perdices, incluso las dejaremos otra vez tranquilas por aquello que nunca se debe marear a la perdiz y que los cazadores tienen mala fama hasta en los cuentos de príncipes y reyes.

Ayudaremos a A como habéis dicho y el cuento acabará con un protagonista que soluciona sus problemas o que, por el contrario, se complica más la vida.

¡Que levante la mano quien quiera que el personaje principal sea niña!

Entonces, vamos a inventarnos el cuento de una niña. La niña luchará contra el torpe de Estereotipo, que sería como llamamos a nuestro monstruo particular, pero antes le pondremos a la niña un nombre, puede ser E de Edurne, puede ser una niña que sabe defender siempre sus derechos y que sabe karate, taekwondo y psicología para defenderse por la vida; también puede ser una cuentista o escritora muy imaginativa que se invente cuentos preciosos para que todos los niños y niñas, se llamen como se llamen, A o E, Asier o Edurne, escuchen buenas historias y las pongan en práctica. Bueno, eso cuando la niña sea mayor, porque hasta que crezca, ¿qué queréis que le pase a Edurne?

Aquí pondré vuestras respuestas:

1ª..

2ª..

3ª..

4ª..

Pero, ¡cuidado!, lo que le pase a Edurne todos somos responsables, lo que nos pase a cada uno de nosotros también, se me

47

ocurre que VIVIR puede ser como escribir un cuento, el de nuestra vida, ¿un cuento divertido, peligroso, solidario, gracioso o de miedo? Vosotros decidís, o ya lo habéis decidido, lo que le pasará a A y a E.

Yo os propongo un final de cuento: A y E se enamoraron, se dieron un beso, se casaron y fueron felices, como todos los niños y personas deberían serlo siempre, y tuvieron un bebé, no diré cómo se llamaba para no dar más detalles, pero sí diré que era un bebé llorón que también quería tener su propia vida, quería escribir desde ya su propio cuento.

De momento, sus padres lo cuidan y consuelan cantándole canciones de cuna y de nana como ésta:

Ea, ea, ea,

ea ea, ea,

ea, ea, e,

mi bebé ya no llora,

ea, ea, e.

También le explican lo que significan las palabras SÚPER PODERES, ESTEREOTIPO Y VIVIR.

Muchas gracias por la colaboración.

Y colorín, colorado, el cuento que no quería ser contado, con vuestra ayuda pudo ser contado.

Patricia Suárez
Argentina, 1969

EL REY ZAPALLO

El Rey Zapallo estaba enamorado de una chica de su reino.

La doncella cuidaba los pollos en el gallinero del castillo.

El rey la miraba todos los días y mirándola suspiraba:

–Ay, si ella me quisiera!

La chica se llamaba Violeta.

Tenía dos trenzas muy largas.

Era buena y trabajadora y se preocupaba porque a los pollos no les faltara maíz.

Le gustaban mucho los pollos.

Hasta había inventado un idioma para comunicarse con ellos.

Así era como se enteraba a qué hora saldría el sol al día siguiente.

Venía un pollito cualquiera y le decía:

–Mañana hay que levantarse temprano, doña. Dice el gallo Chitrulo que el sol va a salir quince minutos antes...

Un día el rey le escribió una larga carta que empezaba diciendo:

"Mi muy querida Violeta..."

En la carta le declaraba su amor y le decía cuánto la quería.

Cuando estaba por mandarla, dudó.

¿La mando o no la mando?

Si la mando, ella la lee y a lo mejor me dice que no.

Pero si no la mando, ella no se va a enterar de cuánto me gusta.

Tanto dudar, al final no se la mandó.

Después se le ocurrió que lo mejor era mandarle bombones. Había de todos los gustos y colores: de frutas, con almendras, con un copete de crema... Tampoco se podía olvidar de poner dentro unas semillitas de maíz para los pollos. Él sabía cuánto quería ella a sus gallinas.

Lo mandaría en una gran caja con un moño de celofán y una tarjetita que dijera: "Para Violeta, de su admirador secreto".

Ya estaba a punto de enviar la caja, cuando dudó: ¿y si ella se come los chocolates creyendo que el admirador secreto es Juancito, el jardinero, y empieza a hacerle ojitos y sonrisitas a Juancito?

¿Y si resulta que Juancito se enamora de los ojitos y las sonrisitas de Violeta y después se casa con ella?

—¡Oh! —gritó asustado— ¡Si ella se enamora de otro, a mí se me rompe el corazón!

Así que el Rey Zapallo no le mandó los chocolates.

Esa misma noche el Rey Zapallo tuvo una nueva idea.

Iba a cortar las rosas del jardín y a la mañana siguiente le tocaría la puerta a Violeta.

Cuando ella abriera la puerta de su habitación...él le daría las flores y saldría corriendo.

Así ella sabría cuánto el Rey Zapallo la quería.

¡Era una idea genial!

Pero Juancito el jardinero para que nadie robara las flores, ponía de noche un perro guardián muy bravo a cuidar el jardín.

Y cuando el rey saltó la valla, el perro lo corrió.

Corrió y corrió tras el rey, y al final casi lo alcanza.

Por suerte, sólo llegó a morder un poquito de calzón.

El calzoncillo celeste con florcitas que le bordó al rey la mamá, cuando el rey era apenas un principito.

Que contratiempo más espantoso!

Qué iba a hacer él para que Violeta se enterara de su amor?

¿Y si contrataba un avión a chorro para que escribiera en el cielo: "Yo te quiero, Violeta"?

Ella levantaría sus hermosos ojos café y vería la declaración escrita entre las nubes y caería rendida en su brazos.

¿Pero cómo iba a saber Violeta quién era 'yo'?

Y el rey no podía escribir en el cielo: "Firmado Rey Zapallo".

Porque entonces todo el reino se enteraría.

Y los asuntos del reino eran top secret.

No podían enterarse los súbditos y menos aun los reyes vecinos, porque si no murmuraban...

¿Y si después resultaba que a Violeta el rey ni fu ni fa, no le gustaba?

¡Qué vergüenza ser rechazado así!

No, lo del avión era un plan que no funcionaría.

Haría que la cocinera hiciera una torta bien grande.

De esas de tres o cuatro pisos, con muchas clases de relleno. Crema, dulce de leche, tajadas de durazno...

Y haría llevar la torta a la habitación de Violeta.

Cuando Violeta estuviera sola y quisiera cortar una tajada de torta, ¡bim bam bum! Saldría de adentro el Rey Zapallo y le declararía su amor.

"Violeta: soy el rey y te quiero. Quiero casarme con vos".

Era un plan perfecto, sí.

A menos que el Rey Zapallo se atragantara con crema...

O Violeta lo pinchara con el tenedor...

¡Qué triste estaba el Rey Zapallo!

Iba por los pasillos del castillo cabizbajo, pensando y pensando planes para declararse a Violeta. Ningún plan era perfecto, todos tenían sus fallas.

Fue así que yendo por el castillo todo preocupado y sin levantar la vista, un día se tropezó con ella.

¡Pum!, hicieron y se dieron un cabezazo.

Violeta cayó sentada del golpe.

–¡Ay, rey Zapallo! –se quejó ella frotándose el golpe con la mano– Hay que mirar por dónde uno camina. ¿Qué le pasa que anda tan distraído? ¿Está preocupado por alguna guerra que amenaza el reino? ¿Acaso su caballo blanco no relincha como siempre? ¿Acaso su caballo verde se enfermó de tanto comer terrones de azúcar?

–No, no, Violeta –respondió el Rey Zapallo.

–¿Acaso se vaciaron los graneros del reino y ya no tendremos más para comer?

–No, no, Violeta. Nada de eso.

–Tal vez viene una tormenta, un huracán. ¿Una granizada con grandes piedras?

–No, no, Violeta. No, no.

–¿Entonces qué? Por qué está triste, distraído... que parece un pollo mojado...

–Me pasa que estoy enamorado.

–¡Enamorado! ¿Y de quién?

–Eh...

El rey se agarró de la corona.

¿Qué hago ahora, *mamma mia*? ¿Le digo o no le digo?

¿Le digo que me enamoré de Gertruvalda, la princesa del reino de al lado?

Esa de las piernas chuecas y la nariz ganchuda, de la ropa toda rota...

¿¿Qué hago??

—Estoy enamorado de vos, Violeta.

Uf, se lo dijo.

Le caían gruesas gotas de sudor desde la coronita.

El rey se puso a reír de felicidad. ¡Por fin se lo había dicho! ¡Se le declaró!

Violeta se rió pero más bajito.

Suspiró. (A ella también le gustaba el rey Zapallo.)

Después, como pasa siempre en estas ocasiones, se dieron un beso.

Azucena Ordoñez Rodas
USA, 1968

LUZ DE LA LUNA

En tiempos muy antiguos hubo una hermosa ciudad en el cielo. No era una ciudad como cualquier otra. Aquella era una ciudad muy especial. Porque había sido construida con el mismo material de los más lindos sueños, de la gente. Y en sus jardines florecían las esperanzas y las ilusiones, de los seres de corazón limpio.

Así pues aquella ciudad era el lugar más lindo que ha existido jamás, construida sobre un mar de blancas nubes, que a su vez rodeaban la ciudad con hermosos jardines llenos de las flores más lindas. Había rosas amarillas, azules y rosadas, lirios de todos los colores, orquídeas gigantes de color violeta y naranja. Y un jardín inmenso de blancas azucenas; que era el jardín de la vida. Se llamaba así porque en los capullitos de las Azucenas se guardaba el alma limpia y pura de los niños antes de nacer.

También había en el centro de aquel mágico lugar un enorme palacio, hecho con pilares de oro blanco, por eso la ciudad se llamaba Pilares en el cielo, las paredes todas de coral y diamantes y los largos pasillos alfombrados con pétalos de rosas y espuma del mar. Había por todo el lugar muchos arcoíris, que eran conducidos por jóvenes Elfos estudiantes de acrobacia y magia; los arcoíris se usaban para ir y venir o llevarte a cualquier lugar y se hacían cortos o largos, según la necesidad del pasajero.

Aquel gran palacio era habitado por el astro rey o sea el Sol, y su bellísima esposa la Luna. Que vestida con sus hermosos y lujosos vestidos que eran casi blancos pero con un muy suave toque de color pastel, como el vainilla, o rosa pálido. Bordados con hilo de oro y plata. Y las más lindas joyas; lucia con todo su esplendor como la Reyna del cielo que era.

Ella siempre lo había amado desde que nació. Y es que era imposible no amar al Rey de todos los astros en el cielo, el Sol con toda su bondad y justicia. Con esa imponente personalidad y con su presencia fuerte y varonil. Y con lo hermoso y gallardo que era. El por su parte también la quiso mucho desde pequeñita, pues ella era muy dulce y juguetona y le gustaba jugar a las escondidas con el sol.

Cuando ella se convirtió en una hermosa doncella, el astro rey quien sin pensar se había enamorado ya de ella. Era por eso, que le gustaba pasar junto a ella casi todo el tiempo.

Pero sucedió que un día en la víspera de su cumpleaños 17. Luna recibió una inesperada visita. Se trataba de un tío muy lejano, el Viejo Saturno, que venía acompañado de su hijo que era ya bastante mayor por cierto, el planetoide Quirón, ambos lucían fúnebres vestiduras, oscuras, como oscuras eran sus intenciones. Al pretender este Quiron casarse con La hermosa Luna. Ella no aceptó y los ambiciosos Urano y su maléfico hijo Quirón, sintiéndose muy ofendidos se marcharon de regreso a la lejana nebulosa donde vivían.

El astro rey al ver esto se sintió celoso y temeroso de perder la dulce sonrisa de Luna, pues se había dado cuenta de que la amaba, y en una romántica velada, durante un solsticio de verano y a la luz de dos luceros que curiosos los alumbraban... le declaró su amor. Y entregándole el alma en un ardiente beso de amor... le pidió que fuera su esposa.

Y la joven y bella Luna, con el alma llena de ilusión; resplandeció más hermosa que nunca, al sentirse plena de felicidad pues desde niña, toda su vida había soñado con este momento. Y celosamente había guardado su inocencia y toda su dulzura, para su único y gran amor; el Sol.

Así se llevó a cabo el matrimonio de La Luna y El Sol, durante una inolvidable noche de eclipse total, en la que hubo una gran fiesta en el cielo. Con lluvia de meteoros por todo el universo y todos los seres celestiales celebraron con ellos. Los relámpagos deslumbrando con sus centellas. Las estrellas bailaron con los luceros y la aurora boreal y astral lanzaron lluvias de meteoros de mil colores y polvo de estrellas. Las arpas y los violines se podían escuchar hasta en los confines del universo. Y la mágica ciudad de Pilares en el Cielo surgió más resplandeciente que nunca.

Y así unos meses después del suceso que cambio la historia del universo, la boda del Sol y La Luna, los felices habitantes de la ciudad de Pilares en el Cielo se regocijaba con la fantástica noticia. El anuncio del nacimiento del primer hijo del Sol y la Luna. Y fue un hermoso varón. Era un mágico rayo de luz. Y su padre lo llamo; Amanecer: Rayito de Sol, del Amanecer. Porque era el primero en nacer.

De aquel gran amor y de su sagrada unión nacieron muchos hijos; todos varones y todos se llamaron rayitos de sol. Así pues Los Rayitos de Sol, al crecer se fortalecían y unidos todos juntos los rayos de sol, hicieron el día. Y retozones como eran igual a su padre, quien siempre estaba sonriendo de muy buen humor un día mientras regresaban de la escuela; encontraron un hermoso lugar donde se detuvieron a jugar. Este era un pequeño planeta Azul, muy lindo y que estaba justo debajo de su ciudad. Aquel hermoso lugar no era otro más que la Tierra. Así cada día después de la escuela, los rayos de sol llenaban de claridad la tierra y se entretenían, separando la tierra, las rocas y la arena, de las inmensas cantidades de agua que casi lo cubrían todo, mucho trabajaron, tuvieron que hacer corrientes o sea ríos para reunir el agua en un inmenso mar y luego tuvieron que secarlo todo para hacer una playa muy bonita de arena blanca, donde jugaban todos los días con los niños de la tierra.

Por ser tan bondadosa y trabajadora la gente de la tierra, casi de inmediato los empezó a amar. Sus padres El Sol y La Luna, miraban muy complacidos a sus hijos y el empeño que tenían con hacer de la Tierra un mejor lugar. Tanto que le fueron tomando cariño al bonito lugar, al planeta Tierra y poco a poco también a las personas, pues se dieron cuenta que eran muy parecidos, pero que también eran muy frágiles y que eran capaces de tener sueños tan grandes y tan lindos, que al ser almacenados en la ciudad en el cielo, eran los precursores de la vida en el cielo. En otras palabras se dieron cuenta que los sueños de las personas buenas eran los que los alimentaban a ellos. La ciudad de Pilares en el Cielo, solo podía existir gracias a nuestros sueños.

Pero no solo ellos se habían dado cuenta de la belleza de la tierra. Ahora que había claridad, también el gran Neptuno primo del Sol, encontraba que la tierra era muy atractiva especialmente por el inmenso mar donde el decidió tener su hogar y casarse con una de las bellas hijas del mar. Una ninfa llamada Agua Marina, con la que tuvieron muchos hijos y así llenaron de vida las aguas.

Y así iba pasando el tiempo y en la hermosa ciudad de Pilares en el Cielo todo era alegría y felicidad especialmente en el hogar del Sol y La Luna. Más sucedió que con el paso del tiempo sus hijos iban creciendo y haciéndose adultos y se alejaban cada día más del hogar, pues sus labores y obligaciones también habían crecido. Y por eso, en medio de tanta felicidad, la Reyna Luna a veces se sentía sola y la tristeza se fue adueñando de ella, tanto que ya casi nunca se le miraba ni siquiera asomarse por las ventanas del palacio. Especialmente durante los crudos inviernos en los que apenas si podía ver al Sol por apenas unos segundos y muy de vez en cuando. La tristeza que había enfermado el corazón de La Luna, se tornaba peor aún en esas largas noches de invierno, frías y oscuras. Pues solo había tenido hijos varones. Y sus hijos los rayos de sol ahora mayores, estaban siempre junto a su padre. Y ella ansiaba arrullar en su regazo a una hija hembra. Ella deseaba tener una niña.

El rumor de que la Reyna Luna estaba enferma se extendió por todas partes llenando la ciudad de Pilares en el Cielo y a todos sus habitantes de mucha tristeza. También su esposo el Sol, se entristeció y su luz se volvió tenue y su calor; tibio. Pronto la noticia también llego a oídos del maléfico Saturno quien aprovechando de la fina grieta que se había abierto en la coraza de felicidad que protegía Pilares en el Cielo, logro infiltrar una nube gris llena de penas y sufrimientos… que lentamente iba creciendo y cubriendo la ciudad de sombras y oscuridad.

Pero sucedió que en el palacio también vivía un joven Elfo y su pequeño arcoíris con el que recorría todos los enormes pasillos del palacio. Timoty, como se llamaba, era aún un niño y vestía con pantaloncitos de color azul y camisa de rayas amarillas, rojas y verdes. Y zapatitos puntiagudos color naranja. Timoty estaba siempre con su hermanito menor, a quien cuidaba con gran cariño. Este tenía apenas tres años y se llamaba Tim. Ellos querían mucho a la Reyna Luna y ella también los quería, como si fueran sus propios hijos, pues era la madrina de los arcoíris. En sus mejores tiempos, algunas tardes de vez en vez la Reyna Luna salía de paseo con Timoty y su hermanito, el pequeñito arcoíris, que era casi un bebe. Solía pasear por los hermosos jardines del palacio, especialmente el Jardín de la Vida, que era el jardín de las Azucenas, para asegurarse de que todo estaba bien con los bebes en capullo. Por ultimo visitaba el jardín subterráneo, al que se llegaba por una cueva entre las rocas. La entrada estaba cubierta por una gran roca. El húmedo pasillo más bien corto que llevaba hasta la enorme gruta con gigantescas paredes cubiertas en su totalidad por grandes helechos que colgaban de todas partes. Y una gran variedad de orquídeas moradas y de muchos otros colores. Luego de bajar por unas escalinatas talladas en la roca y rodeada de flores, llegaba a la fuente de agua de cristal. Donde los sueños y los deseos se hacen realidad. En el centro de la gruta, una enorme fuente de cristal donde el agua vertía de entre las grietas en la roca abriéndose paso entre helechos y orquídeas. Y en el mismo centro de la fuente crecía un gran árbol con ramas y hojas de cristal, del que colgaban perlas y diamantes en forma de pequeños collares. Cada diamante era el sueño de una persona o un deseo, y cada perla… una lagrima de amor. La Reyna Luna sabía que cada vez que una perla o un diamante se desprendían del árbol y caía a la fuente, era un sueño o un deseo de una persona de corazón bondadoso que se hacía realidad. Por eso a ella le gustaba, muy sutilmente, hacerlas caer y así ver las caras de felicidad reflejada en la fuente de cristal.

Sucedió que una tarde mientras sombríamente caminaba por uno de los pasillos del palacio, vio a Tim muy triste sentadito en el suelo, sobre la alfombra de espuma de mar y pétalos de rosa. Estaba recostado en la pared, y con su pequeñita mano sostenía su mini arcoíris. Al verlo la Reyna se acercó y le pregunto:

– ¿Que pasa Tim, estas bien? ¿Acaso estas enfermo?

Tim levanto su carita llena de inocencia y muy triste le respondió:

–Madrina, todos dicen que estas enferma y que te vas a morir y yo no quiero que te mueras.

La Luna le respondió arrodillándose en frente de él:

– No estés tan triste, si estoy un poco enferma por el frío y en invierno.

Tim de inmediato dijo:

– Madrina, yo sé cómo te curas…

– ¿A si? –dijo ella– ¿Y cómo?

Y él respondió:

–Pues pidiéndole a la fuente de Cristal que te cure.

A lo que la Reyna respondió:

–No creo, que eso sea posible, pues la fuente es para seres humanos, no es para nosotros.

Mas, al ver la tristeza y el aburrimiento de Tim, quiso olvidar su propia tristeza y propuso:

– Pero, sabes qué, podemos salir a los jardines, hace mucho que no paseamos, ¿verdad?

Y así fueron a la cueva secreta donde estaba la Fuente de Cristal. Una vez allí mientras el niño Elfo se divertía jugando con un pequeño ciervo y un conejito que vivían allí, la Reyna Luna se sentó en la orilla de la fuente y con un leve movimiento hizo caer unas cuantas perlas, pero rompió en sollozos, porque en realidad moría de tristeza. Las lágrimas rodaron por sus mejillas y cayeron a la fuente, mezclándose con las mágicas aguas de cristal. Entonces, recibió la inesperada visita. De pronto, las aguas de la fuente se tornaron como un remolino y, agitándose, de entre ellas surgió una ninfa. Era una mujer vestida de ropas blancas y brillantes, como una princesa griega, con una kiara tejida de perlas en la cabeza. Y le dijo:

—Luna, soy el Ada de los sueños y deseos. Mi nombre es Sortilegio. Soy tu madrina —y mirándola con mucha ternura, siguió—, en la fuente de los sueños he visto tu tristeza y he venido a hacerte este regalo.

Y entregándole una pequeña caja brillante de color rosado, dijo:

— Ábrela.

Al abrirla vio que estaba llena de un líquido acuoso y cristalino, poco a poco se fue formando algo como un pez en su pecera, pero cuando la imagen fue más clara vio que era una pequeñita bebe, dormida en su cuna de rosas rosadas. De inmediato su rostro cambio de pálido y triste. Fue como si un relámpago de esperanza lanzara un destello a su cara dibujando una frágil sonrisa. La madrina continúo diciendo:

—Ya nunca sentirás el vacío de no tener una niña. Pues tendrás una hija quien, por ser mujer igual que tú, siempre estará en tu compañía, reflejará tu belleza y heredará de tu encanto. Será la luz en tu noche oscura.

Ante la alegría de esta noticia, olvidó toda su tristeza y se dedicó a prepararse para el ansiado acontecimiento de la llegada de su hija, que sería su pequeña princesita.

Aquella noticia fue para Luna una inmensa alegría, fue como volver a nacer. Por eso cuando nació su hija, trajo tanta felicidad a su hogar. La Madre Luna estaba alegre y sonriente y su padre el Sr. Sol, al ver tan feliz a su esposa La Luna, también estaba muy feliz. La felicidad tocó su alma de Rey y lanzó a sus ojos una lágrima ardiente, roja como un diamante de fuego.

Y tomó el Rey Sol a su hija en brazos y le dio un beso en la frente y la lágrima del padre emocionado rodó por su mejilla y cayó en el rostro de la recién nacida niña; en ese momento un mágico resplandor envolvió la bebe por completo y dijo el Rey Sol:

—Serás la luz que ilumine todo nuestro palacio. Mientras tu luz brille en Pilares en el Cielo, alumbrarás con tu resplandor la noche más oscura. Y tu nombre será Tú, y Tú serás tu nombre. Porque serás luz, y luz darás. Por tanto: Luz de luna… tu nombre será.

Esa noche la Aurora boreal lleno el cielo de luces de mil colores. Y, en los confines del universo, los mágicos destellos de relámpagos azules rompían el silencio para anunciar que había nacido Luz de Luna, la hija de La Luna y El Sol. Y la nube gris que estaba sobre Pilares en el cielo, no tuvo más remedio que desaparecer, con toda esa claridad.

Y esa es la leyenda de la luz de la luna, que noche a noche nos envuelve en su mágico resplandor.

Cristina Fernández Valls
Reino Unido, 1983

COLOR DE AZÚCAR

Oculta bajo un montón de nieve, resguardada por altos pinos de los que colgaban agujas de hielo, se escondía una cría de foca. Asomó la cabeza fuera de su refugio, abrió los ojos oscuros y miró a su alrededor. Los rayos de sol se colaban entre las copas de los árboles, lanzando destellos en todas direcciones.

Se quedó quieta, escuchando los sonidos del bosque: la nieve crujía, las ramas vibraban, las pequeñas ardillas y los pájaros se movían entre los troncos y, no muy lejos, el mar susurraba.

Entonces, un ruido se oyó por encima de todo. Era extraño, diferente, nuevo. La foca se hundió en su escondite y se cubrió con nieve hasta quedar totalmente oculta. Una niña envuelta en un abrigo azul, con guantes y gorro azules, apareció corriendo entre los árboles. Echó la cabeza hacia atrás, abrió los brazos y empezó a girar y girar y girar sobre sí misma hasta caerse mareada. Al levantar la vista descubrió a la foca que, muy quieta, la observaba. Estiró la mano y la acarició.

—¿Cómo te llamas? —preguntó la niña— Yo soy Alba. Vivo en la ciudad, hemos venido hoy de excursión al bosque. ¿Cómo has llegado hasta aquí? El mar está un poco lejos.

La foca se quedó en silencio, mirándola fijamente.

—Claro, no sabes hablar. —continuó— ¡Oye! ¿Quieres venir a vivir conmigo? Podrías dormir en la bañera.

La foca siguió mirándola, sin responder. Alba se levantó, la cogió en brazos y empezó a caminar dificultosamente hacia el aparcamiento.

—Ven... te llevaré a conocer a mi familia... —le explicó entre jadeos—, el coche no está lejos... Ya verás... te encantará mi casa.... Mi madre... hace magdalenas de moras y... todos los jueves... cenamos pizza... Mi hermano... es algo cabezón... pero no tienes... que hacerle caso... Entre semana... vamos al colegio...

Se interrumpió sin terminar la frase. Dejó a la foca en el suelo y se sentó junto a ella a recuperar el aliento. Después continuó.

–No sé si podrás venir al colegio, creo que no es para focas... lo siento. ¿Qué harás mientras tanto? ¿Te quedarás nadando en la bañera? No te sentirás sola, ¿verdad? Yo, a veces, me siento un poco sola por la noche. Me meto en la cama, mamá me da un beso y apaga la luz. Después se marcha y mi cuarto se queda oscuro y silencioso. Me da un poco de miedo.

Mientras hablaba movía las manos sobre la nieve, con la mirada baja, haciendo pequeños montones a los lados. Al verla, la foca empezó a imitarla. Alba levantó la vista y volvió a acariciarla ¡Qué suave era! ¡Y qué blanca! Era lo más blanco que había visto nunca, y eso que había visto muchas cosas blancas: el azúcar, el algodón, las nubes, la espuma de las olas y, claro, la nieve.

Entonces se levantó de un salto.

–¿Sabes qué? La bañera no es lugar para una foca... y el bosque tampoco ¡Vamos a encontrar a tu familia! Tenemos que ir a la playa, allí habrá más focas y tendrás amigos y seguro que también tienes un colegio de focas al que ir.

Echó a andar en dirección contraria, esta vez sin intentar cogerla, y la foca la siguió sin rechistar. Atravesaron el bosque que crecía sobre las dunas y, después de un rato, llegaron al mar.

Alba se quedó quieta, sin entrar en la playa. La foca continuó avanzando sobre la arena, alcanzó la orilla y despareció bajo la espuma.

Entonces, unos gritos se oyeron por encima del murmullo de las olas.

–¡Alba! ¡Alba!

La niña dio media vuelta y echó a correr hacia el bosque, camino de las voces que la llamaban.

María Parra Martí
España, 1979

LA LEYENDA DEL GUERRERO DE LA MEDIA NOCHE

Leria es el reino más hermoso de la tierra, con el gran palacio de cristal elevado sobre una colina color esmeralda, rodeado de cascadas plateadas y aldeas pintorescas. Definitivamente el sol brilla con más intensidad allí y los colores son más vivos. Todo dentro del reino es perfecto.

Hace muchos, muchos años en una de estas aldeas nació un pequeño niño llamado Atran. Atran no era un niño cómo los demás, era débil y enfermizo. Su madre lo atendía y se esmeraba en darle cuidados y atenciones, pero él invariablemente estaba enfermo. Además solía ser torpe y caerse, por lo cual a menudo tenía alguna pierna o brazo roto. Los demás niños del pueblo querían jugar con él, pero cómo siempre estaba en cama, él no podía salir a jugar con ellos.

Pasaron muchas lunas y soles y Atran creció para convertirse en un chico joven muy delgado y débil. Su rostro era pálido, grandes ojeras enmarcaban sus ojos, su piel era seca, estaba encorvado y carecía de musculatura. Su cabello era delgado, escaso y con un color opaco. En su mirada se veía que llevaba un cansancio muy grande, aunque poco hacía y en todas las tareas que emprendía fracasaba por la falta de energía.

Sin embargo tenía un buen corazón y siempre trataba de ayudar a los demás a pesar de su poca energía y su debilidad física.

Era muy conocido y reconocido en el pueblo tanto por su buen corazón cómo por su torpeza y debilidad. Andaba ayudado de muletas, ya que sus piernas eran muy flácidas y no lo sostenían. Le tomaba mucho tiempo el desplazarse de un sitio a otro a pesar de tener un carruaje especial para hacerlo. Era lento y poco productivo.

La única persona que tenía fe en él era su madre, que lo miraba con ojos de amor y pronosticaba grandes hazañas para él. Mientras había sido pequeño Atran, creía en esas historias, soñó muchas lunas con el honor, la aventura, el coraje y la valentía que formaban parte de su vida. Su corazón latía apresuradamente, necesitaba sentir la adrenalina y la fuerza. Pero a medida que se hacía mayor, la idea de tomar parte en grandes empresas decayó, ya que se daba cuenta de que su energía y fuerza no eran suficientes. Cómo nadie lo empleaba en su aldea, trabajaba para su madre repartiendo leche y huevos, que se producían en la granja, para los pueblos de los alrededores.

Durante el festival anual de primavera Atran y su madre viajaban muchos kilómetros con el carruaje para repartir sus productos en las diferentes ferias que se organizaban en las aldeas de los alrededores. Durante ese periodo, ambos dormían en el carruaje donde les cayera la noche.

—Atran ve a buscar agua para que beban los caballos —dijo su madre una vez que hubo terminado el día después de una jornada laboral en la que había vendido mucho.

Atran obedeció y fue al río a buscar agua. Era una noche de luna nueva, las estrellas resplandecían y el firmamento parecía un gran manto de satín negro incrustado de pequeños diamantes. Atran con su acostumbrada lentitud, fue al río con la cubeta. Y llegando allí se sorprendió, porque había una anciana aparentemente perdida, que trataba de recoger las estrellas reflejadas en el río en una cesta de mimbre.

—Muchachito —dijo con voz temblorosa—, necesito que me ayudes a meter las estrellas en la cesta, pero no te creas, no son fáciles de atrapar. Son muy listas y se escurren entre los dedos. Tienes que ser más avispado que ellas para poder pescarlas.

Atran trató en balde explicarle a la mujer que no se podía atrapar a las estrellas, porque estaban en el firmamento y que únicamente era un reflejo de las mismas lo que se veía en el río.

La mujer siguió insistiendo en que le ayudara a recoger las estrellitas. Atran al ver que jamás conseguiría convencerla de lo contrario sintió pena por la mujer y decidió quedarse con ella al menos para hacerle compañía, porque se la veía sola y desquiciada.

Pasaron toda la noche tratando de atrapar las estrellas, obviamente el cesto permaneció vacío. Pero la anciana en realidad era una bruja que vio que había mucha bondad en el corazón de Atran.

—¿Qué es lo que más deseas muchacho?

—Desearía cómo nada en el mundo, ser más fuerte y poder ayudar a los demás. Soy demasiado débil y nadie confía en mí.

—Te agradezco tu ayuda chico, aunque esta noche no hemos tenido suerte. Te digo que son escurridizas —dijo refiriéndose a los cuerpos celestes, como si fueran peces— De todas formas estoy agradecida por tu colaboración y por ello te daré un regalo —dijo la mujer— Cada día a la media noche, tu cuerpo cambiará y serás un fuerte guerrero. Pero el hechizo únicamente perdurará durante la noche, cuando rompa el alba volverás a ser como antes. Al despedirse le dio a Atran un pedazo de madera con un águila de fuego escarbada.

Después de haber estado durante horas tratando de ayudar a la mujer a conseguir algo imposible Atran pensó que sus palabras eran tan inciertas cómo la tarea de atrapar estrellas en una cesta de mimbre. Volvió con su madre que sin duda estaba preocupada y se quedó dormido.

Al día siguiente Atran se levantó muy temprano para hacer todas las labores, preparar el puesto con los alimentos para venderlos en la feria. Nada había cambiado en él y pronto olvidó su encuentro con la anciana, y siguió ayudándole a su madre en lo que su débil cuerpo le permitía.

Por la noche su madre lo volvió a mandar a recoger agua al río, Atran obedeció cómo siempre.

En su camino unos bandidos habían asaltado una caravana de mercaderes y les habían quitado sus ganancias y productos. Atran permanecía escondido entre los árboles, todo estaba oscuro y hasta las estrellas que la noche anterior habían brillado con toda su intensidad, esta noche estaban ocultas tras oscuros nubarrones negros. Mientras los bandidos saqueaban la caravana, todo permanecía en silencio y con la complicidad de la noche con los bandoleros, los pobres mercaderes no parecían tener escapatoria posible.

Atran estaba petrificado de miedo y permanecía oculto entre los matorrales sin atreverse a hacer el menor ruido. Desde su escondite pudo ver que había cuatro bandidos y una familia de tres miembros dueños de la caravana.

Los únicos sonidos que se oían eran los sollozos de la mujer asaltada que lloraba abrazada a su hijo pequeño que también estaba asustado por los bandidos que parecían amenazadores e inclementes. El marido permanecía junto a ella sin poder hacer nada, mientras uno de los bandidos los amenazaba con un arma.

Atran rezó por la familia y deseo con toda su fuerza, el poder ayudarlos, pero ¿cómo podía un muchacho tan débil hacerle frente a cuatro bandoleros armados?

Un rayo iluminó el horizonte, de pronto el cuerpo de Atran cambió en un instante volviéndose erguido y fuerte, se sitió grande y poderoso sus brazos crecieron y su torso se llenó de músculos y su mirada de brío. Ya no necesitaba las muletas para moverse. Se sintió lleno de energía y vitalidad. Sin pensarlo dos veces salió de entre los árboles y de un golpe derribó al bandido que sostenía el arma amenazando a los mercaderes. Del golpe que le dio lo lanzó por los aires y cayó a tres metros del lugar donde se encontraba originalmente.

Los otros tres enseguida reaccionaron y trataron de derribar al intruso que amenazaba su botín. Pero poco duraron contra el fuerte personaje al que se enfrentaban. En unos momentos estaban todos inconscientes en el suelo con varias heridas y huesos rotos.

Los mercaderes estaban muy contentos y agradecidos con su salvador y dieron unas monedas de oro para demostrarle lo satisfechos que estaban porque los hubiera salvado. Atran por supuesto no esperaba ninguna recompensa por lo que había hecho. Suficiente recompensa era el tener la fuerza física y la energía para haberlos salvado.

Atran a su vez estaba muy agradecido con la anciana por el gran regalo que había recibido de ella, por lo cual dibujó con una rama en el suelo el águila de fuego, símbolo que le había regalado.

Miró su imagen en el río y ya no era el mismo, algo había cambiado. Estuvo toda la noche experimentando su nueva fuerza adquirida. Pero cuando los primeros rayos del sol bañaron la tierra volvió su debilidad. Cuando regresó a paso lento a la caravana todos hablaban de la incidencia de la noche anterior y del fuerte guerrero que había abatido a los 4 bandoleros. Su madre estaba muy preocupada por él.

–Atran no está bien que andes de noche solo por estos lugares, son peligrosos. Anoche asaltaron a algunos de nuestros vecinos –dijo su madre cuando lo vio llegar apoyado en sus muletas.

–Lo siento madre me he perdido –dijo disculpándose.

–Dicen que un fuerte guerrero saló de la nada y los salvó de los bandoleros –dijo su madre sin darse cuenta de que el fuerte guerrero estaba delante de ella.

Así comenzó la leyenda del guerrero de la media noche que limpió las tierras de ladrones y cobardes que asaltaban caravanas y hacían fechorías.

Miren Juaristi Zabaleta
España, 1976

TINA Y FINA

Tina y Fina son dos gallinas y son hermanas. Nacieron del mismo huevo pero en días diferentes: Tina nació un lunes lluvioso y Fina, un martes soleado. Mamá gallina dice que esa es la razón por la que Tina llora tanto y Fina no aguanta el llanto.

Durante las vacaciones, Tina y Fina ayudan en casa repartiendo los huevos que pone mama gallina.

—¡Tina, Fina! ¡Hay que llevar dos huevos a la cerda Petra, seis a la oveja Vieja, tres a la mula Tula y uno al búho Mouo! —grita mamá gallina desde su caseta.

—¿Ahora? —responde Tina quejicosa mientras lee un libro tumbada en el patio.

—¡Enseguida mamá! —dice Fina que termina su baile de claque.

Mamá gallina espera a sus dos hijas con dos mochilas llenas de huevos: media docena en cada mochila. Fina se pone su mochila y mamá gallina le pone la suya a Tina.

—Ir con cuidado. Son las últimas que pongo por hoy —dice mamá gallina mirando a sus hijas— Y no quiero más riñas, ¡que ya no sois unas niñas!

Las jovencitas emprenden el camino, primero, hacia la casa de la cerda Petra. Fina va por delante cantando "la canción de la emoción":

—La emoción de ver al gallo Quico, ¡cuando lanza un quiquiriquí por su pico! —Fina baila y camina al son de su canción, moviendo sus plumas anaranjadas en todas las direcciones. En cambio, Tina camina por detrás sujetando la mochila con sus alas, donde parece tener pedruscos en vez de huevos.

—¡Mamá cada día pone huevos más grandes! —se queja Tina a Fina.

—Igual que la abuela Serafina —responde Fina a Tina.

Pronto llegan a casa de la cerda llamada Petra. La casa de Petra tiene un precioso jardín con enormes plantas de bambú que son el orgullo de su marido Cham, un cerdo vietnamita que no le llega ni hasta las rodillas. Tina y Fina tocan el timbre y al poco rato sale la cerda Petra.

–¿Qué tal, queridas? –pregunta Petra.

–Venimos a traerle los huevos –responde Fina.

–Son muy grandes y pesan mucho –explica Tina.

–Esa es la muestra de su gran calidad, calidad que llega con la experiencia –Petra saca un huevo de la mochila de Fina y otro de la de Tina y mete los dos en una huevera hecha con madera de bambú. Las gallinas se despiden de la cerda y reanudan el camino.

Fina camina por delante y Tina sigue por detrás.

–Pues yo no pienso poner huevos, ¡vaya rollo! –protesta Tina.

–Yo quizás ponga alguno los domingos –piensa Fina.

Fina agarra a su hermana de las plumas y las dos corren cuesta abajo hasta llegar a la casa de la oveja Vieja. La gran familia de Vieja vende lana a Nueva Zelanda. Vieja, que está jubilada, se encuentra sentada en el porche.

–Buenas tardes, oveja Vieja. Traemos los huevos de mama –se introduce Tina.

–¿Los cuervos de mamá? –pregunta Vieja acercando la oreja hacia la verja.

–Dice mi hermana que traemos ¡LOS HUEVOS DE MAMÁ! –grita Fina a la oreja de la oveja.

–Está bien, dejarlos aquí –Vieja señala una huevera hecha de lana.

Fina deja que Tina ponga cuatro de sus huevos mientras ella deposita sólo dos.

–Hasta pronto Vieja, nos vamos a casa de la mula Tula –se despide Tina.

–¿Que os vais a sacar una muela? –pregunta Vieja sorprendida.

Al rato, las hermanas llegan a un cruce de caminos con dos letreros. En el primero, que señala cuesta arriba pone "casa de la mula Tula". En el segundo, que señala cuesta abajo, pone "casa del búho Mouo".

–Yo que tengo solo un huevo, mejor voy a casa del búho Mouo. Tú, que llevas tres, vete a casa de la mula Tula –propone Tina a su hermana.

–Muy lógico. ¡Nos vemos aquí al volver de allí! –sonríe Fina a Tina.

Fina llega enseguida a la casa de Tula, que espera los tres huevos para hacer un bizcocho de tres pisos: uno para su padre el burro, otro para su madre la yegua y el tercero para ella, la mula.

Tina, que está un poco cansada, se para a beber agua en la fuente después del puente. Más adelante, recoge unas flores de colores y mete sus pies en un charco para dar un susto a un renacuajo. Finalmente, llega hasta la casa del búho Mouo y toca el timbre de la puerta, esperando una respuesta.

–¿Quién es? –pregunta Mouo desde el otro lado de la puerta.

–Soy Tina, vengo a traerle un huevo.

–¡Ya era hora jovencita! –Mouo abre la puerta de casa que está cerrada con llave y acerca una cestita para que Tina deposite el huevo. Tina mete su ala dentro de la mochila pero sólo encuentra un líquido transparente, mezcla de yema y clara de huevo.

–Señor Mouo… el huevo… está roto –balbucea Tina antes de echarse a llorar a moco tendido.

–¿Cómo es posible? ¡Qué desgracia! ¡Vaya gallina más descuidada! –los ojos del señor búho parecen estar ardiendo. Tina no puede decir ni mu, y llora sentada en el suelo.

Mientras tanto, Fina, aburrida de esperar a su hermana, llega a la casa del búho Mouo.

–¿Pero qué ocurre? –pregunta Fina ante la trágica escena.

El señor Mouo camina de un lado para otro expresando su disgusto.

–¡Por culpa de esta gallina hoy no podré cenar una tortilla!

Tina solloza mientras intenta explicarle a su hermana lo sucedido. Fina se sienta junto a Tina y la abraza para tranquilizarla.

–Hermanita mía, no te preocupes. En nosotras está la solución para esta situación –Fina se levanta triunfante y grita alegre al viento– ¡Vamos a poner nuestro primer huevo!

Las dos gallinas excavan un hueco en el suelo y se acomodan encima. Fina es la primera en poner el huevo: uno pequeñito y rojizo. Al rato, Tina consigue poner el suyo: pequeñito y pálido. Las dos gallinas entregan los dos huevos al búho Mouo que contento, les canta "la canción de la emoción":

–La emoción de ver a dos gallinas hermanas, poner dos huevos nuevos, ¡ante una situación sin aparente solución!

Benito Pastoriza Iyodo
Estados Unidos

EL PARQUE DE LOS ENSUEÑOS

El antiguo San Juan siempre es hermoso por las mañanas. Las calles adoquinadas con sus empedrados azules diamantinos, pulidos como espejos de antaño, reflejan el amanecer azafranado y soñoliento del trópico. Los balcones custodiados por los barandales gruesos de caoba, van repletos de buganvillas doradas y geranios rubíes, que reciben el suave salitre del mar. De los callejones asombrados se desprende un secreto centenario que va a dar en la maravilla de sus plazas. Cada una se presenta al caminante con una fisonomía distinta, con una imagen encantadora que la distingue de las otras. Algunas, pequeñas y recogidas, miran hacia el mar lapislázuli. Desde su pequeño rincón, recogen los vientos alisios que luego se depositan en los almendros florecidos. Las ocultas, las tímidas, se recogen en el seno de los contrafuertes. Desde la seguridad de su fortín medieval, se arropan de robles enanos que las guardan del paseante incauto. Las atrevidas, las amplias expuestas al sol, se ven rodeadas de capillas, iglesias y conventos. Son las céntricas, las públicas, las amadas por sus habitantes que veneran los nombres con sólo pronunciarlos. San Francisco, San José, Inmaculada, Catedral, Santa Bárbara, Dominicos, Espíritu Santo. La antigua ciudad de San Juan se endiosa y se embelesa de un misterio con sus plazas embrujadas de historia, belleza y encanto.

Pero la niña de los cabellos ensortijados no sabe nada del conjuro. Ella sólo advierte que San Juan es bonito y que su plaza predilecta es el parque de las palomas. En ella tiene al mar, todo para ella, sólo para ella. La Capilla del Cristo la protege de los intrusos y los robles le construyen un reino que solamente los niños y las niñas son capaces de descubrir. Y el parque de las palomas le pertenece. Es suyo. Siempre fue suyo. Fue suyo en el momento que se lo dio su hermano Meni. Porque nunca pudo pronunciar su nombre correcto, Benny, simplemente Benny. A ella no le importaba, porque Meni también era lejano como su plaza, como su parque de las palomas. Meni también se perdía y reaparecía como las tórtolas plateadas que venían de mar adentro. Su Meni era el único adulto que podía comprender la razón de su amor por el parque, la pequeña plaza que le permitía ser ella misma, la niña de sueños que volaba con los pájaros a otros mundos, a otros universos. Como una costumbre anticipada con la felicidad en mano, llegaba al parque los domingos por la mañana vestidita como un capullo de rosa. En el centro de su parque, en el trono de su reino, comenzaba su soliloquio de plena satisfacción,

—Y soy bonita porque Meni me lo dijo y yo lo sabía. Pero me gusta escucharlo cuando él me lo dice porque se le cristalizan los ojos y algo mojado se le queda depositado en las pestañas. Meni me mira y se sonríe, siempre se sonríe con los ojos lejanos. Me siento a su lado y jugamos pon pon el dedito en el pilón, pero... llegan las palomas, sí las palomas, y hay que jugar con las palomas. Bailar con las palomas, porque yo soy una paloma. Sabías Meni, yo soy una paloma.

El parque tiene una fuente y la fuente tiene tres caídas. Desde el parque se ve la bahía, a lo lejos se divisa el océano y de cerca las isletas con sus castillos entronizados en las mesetas que miran hacia los acantilados. A la distancia se ven las montañas, cubiertas de un verde opaco ensimismadas en su niebla de invierno temprano. Las gaviotas giran en su vuelo aprendido y el día se transfigura en un velo sublime de mañana, agua y distancia. El parque está solo, solísimo en su trono. Pero la soledad es pasajera. Los niños van llegando y la niña los recibe con sus ojos brujos, de niña pícara, dueña del aire, dueña del cielo. Meni le compra comida para las palomas porque es el nuevo antojo de la niña. Porque ella adora las palomas. Y luego solita entre las palomas se sienta en el banquillo a darles de comer. Los niños se acercan con la curiosidad propia de sus años y ella decide compartir las semillas con sus nuevos amigos, porque ahora tiene amigos y les canta pon pon el dedito en el pilón. Canta bonito y se envuelve en su canto para no perder la inocencia que lleva dentro, la inocencia que su hermano Meni protege con todas sus fuerzas. En el parque hay una gran sombra, una sombra placentera. Los quioscos se van abriendo y las luces de los dulces se esparcen como arcos de caña nueva. Helado de coco, agua de parcha, bienmesabes, piraguas y azúcar de tamarindo. La Capilla del Cristo a la entrada del parque, con su altar áureo, va iluminándose como una esfera de topacio. El parque no está solo, el parque es de los niños.

Las horas pasan y el tiempo se desgasta con el recreo de los chiquillos. El esparcimiento ha agotado las energías de los vigorosos. El parque de las palomas se va ausentando de palomas, niños y paseantes adultos que lograron descubrir el refugio de los pequeños príncipes, de las pequeñas princesas. El atardecer baña lentamente la plaza con su moribunda luz. La niña no quiere jugar, ahora quiere sentarse sobre las piernas del hermano. Busca el acomodo en su nuevo reino, en su nuevo trono. Lo abraza y le susurra unas palabras quedas al oído. "Te quiero Meni, te quiero como a las palomas." Y él mira al mar y el mar lo mira a él. Un sentimiento suspendido y mágico se deposita en el aire. Los hermanos se transportan a un mundo de pura fraternidad. Sólo la niña paloma en su abrazo de alas extendidas supo decir la magia de aquellas palabras, las palabras que los grandes parecen haber olvidado. "¿Y tú Meni me quieres?" Meni se sonríe, mira al mar, a las gaviotas, a las palomas y algo húmedo se le deposita en las pestañas. "Meni siempre te va a querer." La mirada hialina de la niña princesa se quedará para siempre grabada en la memoria del hermano.

Emilio Pulido Medina
España, 1951

SOPAGRILLOS Y LAS OREJAS DE ORO

Todo esto ocurrió en un pequeño pueblecito al norte de un país llamado Sopalandia. Este país tenía la particularidad de que todos sus pueblos comenzaban por la palabra Sopa más el nombre de un animal; así teníamos nombres como Sopagatos, Sopaperros, Soparatas, Sopa-arañas, Sopaconejos etc. Cada uno tomaba este nombre por ser el único animal que habitaba en su comarca. Pero vayamos al pueblecito donde sucedió esta historia. Se llamaba Sopagrillos. Era un pueblo muy tranquilo, donde todos sus habitantes, vivían de la recolección que, en verano, hacían del canto de los grillos. Lo almacenaban en pequeños saquitos que después vendían a los demás pueblos para que alegrasen sus veranos. La felicidad reinaba en aquel pueblo hasta que un día llegó a él, un buscador de oro. Éste había oído que las tierras de Sopagrillos estaban llenas de tan preciado metal. Poco a poco fue embaucando a sus gentes para que las vendieran. Y así fue, uno a uno fueron vendiendo las tierras en las que, hasta ahora, vivían los grillos. Al poco tiempo llegaron al pueblo cientos de máquinas, altamente ruidosas, con las que extraerían el oro. Algunos grillos pudieron marchar, sin embargo la mayoría murieron, unos aplastados por las gigantescas ruedas de aquellas máquinas y otros enterrados bajo la tierra y piedras que aquellas enormes moles arrojaban con sus inmensas palas.

Una mañana sucedió algo extraño, una maldición atroz cayó sobre cada uno de los habitantes de Sopagrillos. Al salir a la calle se miraban, los unos a los otros, extrañados al comprobar que sus orejas no eran las de antes; ahora sus orejas eran de oro. Sí, cada oreja relucía a lo lejos, pero, sin embargo, no tenían la facultad de oír. La tristeza impregnó a Sopalandia, pues ya solo podían comunicarse mediante la escritura o bien por gestos. ¡Qué problema! Tenían que repetir, una y otra vez, cada gesto porque ellos no estaban preparados para comunicarse mediante señales. Decidieron que cada habitante llevase un lápiz y un cuaderno por si alguien no entendía los gestos. Las conversaciones se hacían muy largas y pesadas.

Pasados unos años, cuando ya la tierra había sido escardada hasta su último rincón, aquellas máquinas se marcharon de Sopagrillos. Sus gentes durante un tiempo fueron viviendo con el dinero que habían sacado de la venta de las tierras. Mas llegó el día en el que el dinero iba escaseando en los bolsillos de aquellas gentes. Además, también habían perdido la alegría que, el canto de los grillos, daba a Sopagrillos en las noches de verano.

Cuando ya no tenían nada que llevarse a la boca, el anciano mayor del pueblo decidió convocar una reunión, eso sí por escrito, a la que deberían asistir todos los vecinos del pueblo para solucionar el problema de la falta de comida.

Asistieron todos los vecinos, también los niños y niñas. En todos brillaban sus orejas de oro, mas, ¿quién pudo traer aquella maldición a Sopagrillos?

Durante toda la noche discutieron, con gestos, qué podían hacer para solucionar tan grave problema. Fueron muchas las soluciones: cortarse las orejas y venderlas, ir a buscar los grillos que se marcharon para seguir vendiendo su canto, o bien, que todos debían abandonar el pueblo y marchar a otro lugar. Nadie estaba de acuerdo con esta solución; marcharse del pueblo donde habían nacido, donde habían sido tan felices…

Juan de un sobresalto se sentó en la cama. Sudaba. Su corazón latía aceleradamente. Se levantó y lo primero que hizo fue ir hacia el espejo. Una vez frente a él observó sus orejas. Comprobó que eran las de siempre, sí un poco grandes pero las mismas de siempre. Después bajó las escaleras y fue directo a la cocina. Allí estaba su madre preparándole el desayuno. Se acercó a ella y le dijo al oído:

–Mamá tus orejas relucen y la casa está llena de grillos.

–Pero… ¿qué tonterías dices? ¿Te ocurre algo?

–Nada mamá, nada. Ahora sé que todo ha sido un sueño.

Tania Carolina Uribe Jiménez
USA, 1979

EL SAPO FEO Y EL JARDÍN DE LOS MILAGROS

Érase una vez, un sapo tan feo que todos le temían. En el estánque todas las ranas y sapos eran verdes y marrones, pero Esteban, el sapo feo, era de color púrpura.

Esteban tenía una pequeña carita, regordeta, adornada con pequeñas pecas de múltiples colores que, según los habitantes del estanque, lo deslucían completamente.

Sin embargo, y a pesar de su desventurada apariencia, Esteban, el sapo feo, tenía lo más hermoso que cualquier ser viviente pudiese tener: Un corazón hermoso y puro, lleno de cariño, dulzura y mucho amor para brindarle a los demás.

La vida de Esteban transcurría entre el estanque y la escuela sin ninguna novedad, hasta que un día mientras saltaba, cabizbajo, triste y abatido, de regreso a casa vislumbró en el suelo un objeto brillante.

De repente se detuvo, y por varios minutos no pudo apartar sus ojos del desconocido objeto. Miró a todos lados en busca de alguien que pudiese ser el dueño de tan extraño objeto, pero no vio a nadie.

Tomó el objeto entre sus patas, observándolo con creciente curiosidad, lo frotó tratando de limpiar la suciedad que empañaba su belleza, y por fin pudo leer la inscripción que en el extraño objeto se encontraba: "Adara, Princesa del Jardín de los Milagros."

Para Esteban aquel objeto era del todo desconocido, pero como era muy curioso continúo estudiando su hallazgo hasta que de repente el brillante objeto abrió sus caras, mostrando su hermoso interior.

Esteban pudo ver una hermosa chiquilla, vestida con un resplandeciente vestido, con su bonito cabello adornado con una linda corona de diamantes rosados. La criatura parecía ser una pequeña persona con largos cabellos negros enrocados alrededor de su hermoso rostro.

–¡Un niña! –, exclamó Esteban, extasiado ante tal descubrimiento.

En el otro extremo del objeto Esteban encontró lo que parecía ser un antiguo palacete.

Mientras Esteban contemplaba la imagen de la linda princesita una dulce voz surgió de lo más profundo de la imagen diciendo:

– Querido extraño, ¿quién eres? ¿Por qué tienes mi medallón? –la sorpresa fue tan grande que Esteban quedó paralizado. La dulce voz preguntó una vez más– Querido extraño, ¿quién eres? ¿Por qué tienes mi medallón?

Esteban intentó hablar, pero no pudo.

Asustado cerró el medallón, colocándolo cuidadosamente en uno de sus bolsillos y saltó camino a casa para contar a sus padres lo ocurrido.

Sin embargo, al llegar al estanque todos los habitantes estaban reunidos en el parque del pueblo, incluidos sus padres. Esteban intentó hablar a sus padres sobre su gran descubrimiento pero estos lo reprimieron de manera tajante:

–Esteban, estamos en una reunión muy importante. Tenemos un gran problema en la ciudad y buscando una solución; no tenemos suficiente agua para sobrevivir el verano y a menos que encontremos una solución tendremos que mudarnos del estanque, dijo el padre.

Esteban olvidó por un momento su hermoso descubrimiento e imaginó la vida fuera del estanque. Ya de por si era muy difícil vivir en un estanque donde todos le conocían y sabían cuan distinto era con relación a los demás; Pero ¿mudarse a un nuevo lugar? sin agua para nadar, ni escuela donde estudiar, ni calles donde saltar, oh no… Sería desastroso.

Esteban olvidó el medallón durante el resto del día; hizo sus tareas sumergido en los problemas del estanque y una vez hechos sus quehaceres diarios decidió dar un paseo por las orillas del estanque; colocó sus patas en sus bolsillos y allí encontró el brillante y extraño objeto. Lo observó por largo rato y decidió abrirlo una vez más.

Pero su sorpresa fue la misma al escuchar la voz una vez más: ¿Quién eres? ¿Por qué tienes mi medallón? En esta ocasión Esteban observó el medallón y decidió contestarle:

–Soy Esteban, el sapo feo, tengo tu medallón porque lo encontré camino a casa.

–Esteban… –dijo la voz dulcemente.

– ¿Pero, qué es un medallón? –preguntó Esteban.

– Un medallón es un adorno que se lleva colgado del cuello como ornamento personal. Con frecuencia se encuentran unidos a collares o brazaletes, aunque cada medallón tiene un significado propio. Los hay de todos los tamaños, formas y colores. Este es así porque es especial.

– ¿Y todos hablan? ¿Para qué se utilizan? –preguntó Esteban.

–No, ninguno habla. Puedes escuchar mi voz porque este medallón es especial, me pertenece a mí, Adara, princesa del jardín de los milagros. Mucha gente utiliza los medallones para colocar fotografías de sus seres queridos, otros los utilizan como adorno; pero yo lo utilizo para realizar milagros en mi jardín.

Esteban estaba maravillado ante tan maravillosa explicación.

Entonces Adara pidió a Esteban devolver el medallón al lugar al que pertenecía: el jardín de los milagros. Esteban se sintió decepcionado, pero luego comprendió que aquel extraño objeto no le pertenecía.

–De acuerdo, lo devolveré. ¿Pero dónde lo devuelvo? –preguntó.

La voz del medallón guío a Esteban hasta llegar hasta el jardín de los milagros. Cuando por fin llegó a su destino quedó vislumbrado por la belleza de aquel lugar.

El jardín era un espacio redondeado, con pastos verdes y brillantes, rodeado de flores de múltiples colores, donde animales de todas las especies que bailaban al son de una música celestial. Y en un extremo del jardín un palacio de cristal rodeado de rosas rosadas y coronado de laureles y jazmines.

El jardín en sí era un espectáculo para la vista y Esteban lo estaba disfrutando al máximo.

De repente, la misma voz dulce que guió a Esteban hasta el jardín habló para que todos le escucharan.

–Queridos amigos, hoy tenemos un invitado muy especial. Su nombre es Esteban y ha encontrado el medallón del jardín de los milagros.

–Acércate, Esteban.

Esteban dando saltos inseguros se acercó hasta la entrada del palacio, donde vio la más hermosa niña que jamás haya visto.

Recordó lo hermosa que le pareció al verla en la imagen del medallón, sin embargo frente a la princesita no pudo apartar sus ojos de ella.

Sus cabellos eran aún más negros y rizados. Sus ojos claros rodeados de unas largas y oscuras pestañas. Pero lo más hermoso en la princesa era la dulzura de su sonrisa.

Esteban quedó encantado ante tanta belleza. De pronto, al recordar su sobrenombre "el sapo feo" se sintió inseguro y muy, muy feo.

La princesa percibió la triste mirada de Esteban y decidió acercarse hasta él:

—Esteban, al encontrar el medallón del Jardín de los milagros tuviste en tu poder una gran fuente de riquezas, sin embargo elegiste el camino correcto al devolverlo al lugar al que pertenece. ¡Gracias!

—Todos los habitantes del jardín de los milagros te damos las gracias. Además, por ser un sapo tan honesto hemos decidido darte un regalo muy especial. Ese regalo es complacer un deseo. Lo que desees más en la vida, tan solo tienes que pedirlo y nosotros, los habitantes del jardín de los milagros, te complaceremos.

Esteban pensó en lo que más deseaba en la vida. Meditando unos momentos recordó las burlas de las demás ranas y sapos del estanque, el miedo que muchos sentían cada vez que veían su rostro, los momentos difíciles en la escuela, el murmullo de las demás ranas y sapos al saltar por algún lugar. También recordó el problema del agua en el estanque. Levantó su regordeta carita hacia la princesita Adara y dijo:

—Princesa Adara, lo que más deseo en la vida es no ser un sapo diferente a los demás del estanque. No ser llamado el sapo feo, tener amigos, y que los demás no se asusten al ver mi rostro. Pero, aunque eso es lo que más deseo en la vida hay algo más importante para todos los miembros del estanque. Veras princesa, el estanque donde vivo se está quedando seco, sin agua, por lo que necesitamos una fuente de agua. Sin agua no podremos vivir en él estanque y muchas familias de sapos y ranas morirían. Así que lo que más deseo es tener agua en el estanque para toda la vida.

La princesa Adara observó en silencio a Esteban por unos minutos y le dijo:

—Esteban, eres un ser precioso. No importa el color de tu piel, el tamaño de tu cuerpo o lo que piensen los demás sobre ti. Eres hermoso porque Dios, el creador de todas las cosas, te hizo a la perfección. Dios no pierde su tiempo creando cosas feas, y aunque seas diferente a los demás sapos y ranas del estanque, eres único y especial tal como eres. Si tu deseo es que el estanque tenga agua para siempre, sólo debes cerrar tus ojos y pedirlo, y así será.

Esteban repitió su deseo y de repente sintió que algo en si era diferente. Al abrir sus ojos todo seguía igual pero sentía que algo había cambiado.

Todos en el jardín de los milagros bailaban mientras Esteban observaba sentado junto a la princesa Adara observando aquel lugar rebosante de felicidad. Horas más tarde mientras oscurecía Esteban se despedía de todos en el jardín con la promesa de visitarlos luego.

Al llegar al estanque Esteban descubrió a todos los habitantes bailando en el parque del pueblo. Sin necesidad de preguntar supo que su deseo se había cumplido. Sintió cierta tristeza al recordar su primer deseo pero recordó las palabras de la princesa Adara y sonrió para sí mismo.

Cuando las demás ranas y sapos del estanque lo vieron llegar comenzaron a aplaudir y a gritar. Esteban no comprendía hasta que sus padres llegaron hasta él y con lágrimas en los ojos lo abrazaron fuertemente. Una vez superados los abrazos le explicaron que Miguel Renacuajo, el ángel de todas las ranas y sapos sobre la tierra, había visitado el estanque y les contó sobre el jardín de los milagros y el deseo de Esteban.

Todos en el estanque estaban avergonzados por la manera en que trataban a Esteban. Todos pidieron perdón a Esteban; Esteban no era un sapo rencoroso, simplemente se sentía feliz de que los habitantes del estanque por fin lo aceptaran sin importar su apariencia.

El amor, el cariño y el afecto eran mucho más satisfactorios que cualquier cambio en su apariencia.

Marisa Alonso Santamaría
España, 1959

LA TORMENTA

El cielo se oscureció rápidamente. Los cinco gatitos miraban a la ventana asustados presintiendo la tormenta que se avecinaba. En silencio escuchaban el viento que enfurecido azotaba las contraventanas de madera fuera de la casa.

–Zas, zas, zas, zas, zas…

El aire entraba por las rendijas de la vieja casa silbando de manera escalofriante:

–Uhhhhhh, Uhhhhhh,

Todos se acurrucaron en un rincón con mucho miedo.

Horco el hermano mayor, trató de hacerse el valiente delante de los gatitos y dijo:

–No hay nadie, solo es el viento que sopla, no tengáis miedo.

Pero en ese momento, un rayo zigzagueo en el cielo iluminando toda la estancia, haciendo aparecer unas gigantes sombras en las paredes, que hicieron que todos retrocedieran y se abrazaran tiritando. Yaiza que se encontraba al lado de una puerta de cristal, vio cómo unos ojos relucientes la miraban fijamente desde el otro lado.

–¡¡Miaaauuu!! –chilló muy asustada a la vez que daba un gran salto haciendo una pirueta en el aire, para caer enseguida aplastando a su hermana Canela, que gimió dolorida sin saber que había pasado.

–¡Hay alguien ahíiii! ¡Lo he visto! ¡Hay alguien ahiii! –repetía una y otra vez balbuceando muy nerviosa y con los pelos de punta.

Horco se acercó a ella y agarrándola por el lomo con su boca, la zarandeo varias veces intentando que se calmara.

–¡Te quieres callar! –dijo entre dientes sin soltarla– ¿No te das cuenta que estás asustando a los más pequeños? Era tu reflejo –le trató de explicar–, eras tú la que…

Aún no había acabado de hablar, cuando un ruido ensordecedor tronó en la habitación haciendo que todos se encogieran y abrazaran fuertemente unos a otros.

–Prurumprumpuuuuuuuuummmmmmm…

Bolita, el más pequeño de los gatitos, notó cómo un reguero de pis caía entre sus patitas y empezó a gemir diciendo:

–¡Tengo miedooo! ¡Tengo mucho miedooo! Snifff…

Canela junto a su hermanito, le apartó rápidamente del charco de orina que había dejado en el suelo y le abrazó susurrando:

–No llores Bolita, sólo ha sido un trueno, no te dejaré solo.

Horco habló para tranquilizar a todos:

–Es una tormenta, pronto pasará y volverá la calma, no temáis hermanitos.

La lluvia empezó entonces a golpear repentinamente contra los cristales con muchísima fuerza. Todos se volvieron al escuchar el ruido en la otra esquina de la habitación

– ¡Plof, plof, plof, plof, plof…

Una enorme gotera en el techo comenzaba a gotear y el agua que iba escurriendo por la pared, estaba mojando un antiguo reloj allí colgado. Los tic tac empezaron a hacerse más lentos, hubo un momento en que los sonidos llenaron la habitación: Tic, Plof, Tac, Plof, Tic, Plof, Tac, Plof,

Estaban tan ensimismados mirando a la pared del reloj, que ninguno se dio cuenta de que alguien había entrado en la habitación. Era un enorme perro que llegaba empapado buscando refugio. Pensaba que la casa estaba vacía y al encontrarse allí a toda la familia de gatos, cayó de espaldas asustado tropezando con un viejo mueble de madera.

Fue entonces cuando le vieron. Aterrorizados, de nuevo se acurrucaron, ésta vez detrás del gato mayor buscando protección. Horco, disimulando el miedo que sentía, se adelantó unos pasos y se puso en posición de ataque para protegerles si llegaba el caso.

Pero el perro, dijo levantándose del suelo y sacudiéndose el agua:

–¡Qué susto me habéis dado! Creía que no había nadie en la casa. ¡Vaya tormenta!

Les dijo que se llamaba Cachorro y les empezó a hablar amigablemente.

Pero con el susto a Bolita le empezaron a castañear los dientes: tucuu, tucuu, tucuu… también tenía mucho frío y Canela empezó a lamerle para tranquilizarle, primero las patitas, luego la tripa, las orejitas, poco a poco hizo que el pequeño entrara en calor y se quedara dormido acurrucado a ella.

–¡Qué bien huele! ¡Qué hambre tengo! –decía Bolita en su sueño, iba siguiendo el rastro del olor a comida, con su nariz levantada por toda la casa. Al fin llegó a un lugar donde había un plato humeante de leche muy caliente, y empezó a beber sintiendo un enorme placer. Todos le miraron extrañados, Bolita hacía unos ruidos muy raros mientras dormía.

–¿Por qué no jugamos a cantar? –dijo al rato Cachorro con voz animada– Así se pasará el tiempo más rápido y estaremos entretenidos.

–¡Eso, cantemos! –dijo Kika, que había estado muy callada hasta ese momento– Tiene razón, así estaremos entretenidos. ¡Vamos, venid!

Todos los gatitos se pusieron junto Cacharro haciendo corro a Bolita, que seguía dormido sin enterarse de nada, y se quedaron callados.

Y Cachorro empezó a cantar:

–Al pasar la barca, me dijo el barquero, las gatitas lindas no pagan dineroooo –a la vez que graciosamente imitaba haciendo muecas a un gondolero,

Kika cantó también:

–Dónde están las llaves, matarilerilerile, dónde están las llaves, matarilerileroooooo –terminaron todos de cantar con la gatita.

Poco a poco se fueron animando a cantar intentando olvidar la tormenta. Los gatitos reían con las ocurrencias de Cachorro que resultó ser muy divertido. Sin apenas darse cuenta, y muy cansados fueron quedándose dormidos.

Al amanecer, la luz que entraba por ventanas y rendijas en la habitación, les fue despertando poco a poco. Se miraron unos a otros bostezando y estirando sus cuerpos entumecidos. Yaiza tenía los ojos hinchados y los pelos de punta y todos rieron al verla..

El primero que se levantó a mirar por la ventana fue Cachorro, seguido de Horco y de todos los demás

Todo se veía diferente ahora, ya no llovía y lucía un sol espléndido,

Y todos pensaron que, gracias a la tormenta que tanto les había asustado, habían hecho un nuevo amigo que era muy divertido.

Desirée Jiménez Sosa
España, 1989

BESAPRINCESAS

Cuando el príncipe Maridito II retiró el velo que cubría la cara a su futura esposa pudo contemplar la cosa más fea y repugnante que había visto en su vida. Fue tanto su espanto que salió corriendo despavorido y nunca más se lo volvió a ver. La princesa tenía una verruga enorme, gigantesca y repulsiva justo al lado de su linda boca. Aquello fue una gran desgracia para su reino, porque ya nadie se quería casar con ella. Aquella princesita pensaba que era la más desgraciada de todas las princesas del mundo. Pero, entonces, llegaron noticias del reino vecino: también a su princesa le había salido una verruga monumental junto a la boca. Por desgracia, ellas no eran las únicas afectadas. Poco después, una verruga hercúlea visitó a la princesa Pretenciosa I. Más tarde, una verruga ciclópea apareció en la cara de Presumida V. Luego, una monstruosa verruga se nombró dueña y señora del delicado rostro de Rubicunda XII. Así, aquellas verrugas ciclópeas, formidables, titánicas, imponentes, grandiosas, descomunales –en definitiva, grandísimas y asquerosas–, se fueron apoderando de los dignos semblantes de todas las princesas. Los médicos estaban desconcertados. Llamaron a aquella extraña afección la Enfermedad de las Princesas o EP. Era un mal horrible, porque a causa de aquellas verrugas los príncipes no querían ya casarse con ellas. Les daba mucho repelús. Temblaban de miedo cada vez que pensaban que tendrían que besar aquellos labios rodeados de verrugas. Y, sin duda, la enfermedad era contagiosa. Pero, ¿cómo se contagiaba la enfermedad? ¿Por el aire, por el agua? ¿A causa de alguna comida en mal estado? ¿O acaso algún brujo nefasto se escondía detrás de las puertas y hechizaba a las princesas? ¿O quizás un duende, aprovechando el sueño de las princesas, se colaba en sus habitaciones y les hacía crecer una verruga durante la noche? Nadie lo sabía. Por eso el rey Papaíto III estaba tan preocupado. Tenía una preciosa hija llamada Encanto. Estaba ya en edad casadera y por eso temía tanto por su salud. Papaíto III le había

83

encontrado un marido perfecto, el príncipe Fastuoso Aquimando I. Era el heredero al trono de un reino muy poderoso y pensaba que su hija sería muy feliz junto a él. Lo cierto es que Encanto no lo amaba. Ante tal situación, el rey Papaíto decidió encerrar a su hija en la más alta torre del castillo para que la enfermedad no pudiese alcanzarla. Expulsó del reino a todo aquel que tuviese una sola verruga y toda persona que quisiese entrar al castillo antes debía ser sometida a una revisión médica. La princesa Encanto solo podía recibir visitas de su padre. Se aburría mucho allí encerrada pero, como sabía que su padre lo hacía por su bien, no se quejaba.

Sin embargo, a pesar de todo el cuidado que el rey había tenido, alguien consiguió llegar a la habitación de su princesita. Se trataba de una pequeña rana de color verde que se coló mientras Encanto dormía. La princesa se despertó de repente y se asustó mucho al ver sobre su cama a la ranita. Pero se asustó muchísimo más cuando la ranita le dijo "hola".

—¡Puedes hablar! —exclamó la princesa.

—Te voy a dar un beso —contestó la rana.

—¡No puedes darme un beso! Estoy a punto de casarme y eso no le gustaría a mi esposo.

—Lo siento mucho, pero tengo que darte un beso.

—¡No quiero!

—Que sí.

—¡Que no! —gritó Encanto, que se tapó fuertemente la boca con las manos para que la ranita no pudiera besarla.

—Está bien —resopló la ranita—. ¿Si te cuento por qué tengo que darte un beso, me dejarás?

—A lo mejor.

—De acuerdo. Verás, el día de mi nacimiento una Bruja de las Ranas me hechizó. Yo soy el futuro Rey de las Ranas, pero no puedo gobernar hasta que no encuentre una esposa. Desgraciadamente, aquella Bruja me maldijo. En el plazo de un año debía hallar a mi esposa entre la raza de los humanos o no podría reinar. Un año llevo ya buscando y no la he encontrado. La única forma de comprobar si estás destinada a ser mi esposa es dándote un beso. Por favor, déjame darte un beso. Te prometo que no te pasará nada malo. Estoy desesperado. Si no consigo encontrar a mi esposa mi reino sufrirá y yo tendré que marcharme para siempre al exilio.

—Hum... Está bien. Te dejo darme un besito porque me das mucha pena. Que sea rápido.

El Príncipe de las Ranas acercó sus labios anfibios a los labios rosados de la princesa. Una nube azul estalló en el aire. Cuando la bruma azulada se despejó, la ranita pudo ver a la princesa Encanto transformada en una hermosa rana como él.

–Por fin te he encontrado, reina mía –le dijo.

Y vivieron felices para siempre.

Emanuel Franco Gómez
USA, 1984

TERESA Y EL PALACIO

Esta es la historia de Teresa, una joven campesina que era, y sería, distinta a la gente con la que vivía. Mientras las muchachas de su edad trabajaban sin reclamo alguno, ella no hacía más que preguntar. Era tan curiosa que se había convertido en un verdadero dolor de cabeza para su familia. Un día, mientras cenaban en casa, preguntó a su padre.

—¿Por qué hay un enorme palacio en el centro del país?

—Por qué desde ahí se gobierna todo.

—¿Y quién gobierna desde ahí? —preguntó inquieta.

—El rey —respondió con enfado.

—¿Y quién es el rey? —volvió a preguntar.

Pero su padre, a quien no le gustaban las preguntas, le dijo que no sabía, que nadie lo conocía ni debía conocerlo, que se callara y que se fuera a dormir. La muchacha obedeció, pero no por eso se quedó tranquila. Otras tantas dudas nacieron en su mente mientras caía la noche hasta que no pudo soportar tanta curiosidad. Se levantó de la cama, se puso un abrigo y escapó por la ventana de su habitación.

La luna llena parecía una lámpara redonda que la acompañó hasta la entrada del palacio. Se acercó cuidadosamente para asomarse por las ventanas, pero eran demasiado altas. Entonces apiló algunas piedras para subirse en ellas y mirar adentro, pero justo en ese momento un par de guardias nocturnos repararon en su presencia y la capturaron antes de que ella pudiera ver cualquier cosa.

Ya era de madrugada y Teresa volvió a su casa custodiada por dos soldados.

La joven recibió una fuerte reprimenda por parte de su padre quien la sentenció a tres días de arduos trabajos en la cocina sin la posibilidad de salir de casa. Y así fue.

Entonces un niño que pasaba por ahí la llamó desde la ventana y le dijo:

—Oye, ¿no quieres comprar un pájaro?

—No, gracias –respondió Teresa desde dentro sin mirar al niño que le hablaba.

—Anda, mira, es hermoso, no hallarás otro igual, lo encontré en el palacio.

Al oír esto, la campesina sintió una alegría que le encendía el corazón, soltó lo que tenía en las manos y corrió rápidamente hacia la ventana para ver aquella misteriosa ave. Efectivamente, el pequeño traía un pájaro hermoso que cantaba en su hombro.

—Te lo vendo –dijo el joven negociante–, necesito dinero.

—Lo acepto, te doy lo que pidas por él –asintió la joven, pues en el fondo de su corazón albergaba el profundo deseo de estar con todo lo que viniera del palacio.– Pero antes dime ¿cómo lo obtuviste?

—!Ahhh! –exclamó el niño– Es un secreto.

—¡Dímelo! –gritó con ansia.

—Puedo llevarte al palacio para que veas todas las aves hermosas que tienen ahí, pero si aceptas lo que te estoy proponiendo, ya no te vendo este pajarito.

—No importa –dijo ella–, si un pájaro del palacio era tan hermoso, de seguro no se comparaba con la posibilidad de estar adentro.

Teresa aceptó la oferta del niño. Esa misma noche se encontraron en un callejón escondido y corrieron al palacio como dos bandidos. Ambos treparon por el muro trasero y el niño logró cruzar, pero justo antes de que ella saltara al otro lado vinieron los guardas y la apresaron.

Era de madrugada y los soldados volvían nuevamente custodiando a la joven campesina para entregarla a su familia. El padre de Teresa estaba muy enojado. Esta vez le asignó un castigo más fuerte, la encerró en el patio trasero por tres días, durante los cuales debía trabajar haciendo carbón.

Un par de horas más tarde, un anciano que pasaba por ahí le gritó desde la calle.

—¡Oye, pequeña, te vendo un anillo hermoso!

—No me interesa –respondió malhumorada. No tenía ánimos de hablar con nadie, estaba molesta, cansada y completamente sucia.

—Pertenece a las joyas del palacio.

Dicho esto, la campesina dio un salto estremecedor y caminó hacia la acera para apreciar el anillo. Era una sortija que brillaba tanto como una estrella nocturna.

—¿Cómo lo obtuviste?

—Cómpramelo porque si respondo a tu pregunta no podré vendértelo.

—No importa, dímelo —ella pensaba que si un solo anillo era tan hermoso, las joyas del palacio eran incomparablemente más bellas.

Teresa estaba tan emocionada por la posibilidad de que al fin pudiera entrar al palacio que se olvidó de los dos incidentes anteriores. El anciano le dijo cómo entrar y ella se aprendió cada detalle de la explicación.

Llegada la noche, la campesina se escapó de su casa y fue al palacio para buscar la entrada que le había indicado el anciano y la encontró. Ya estando dentro, antes de que pudiera encender una luz y ver cualquier cosa, entraron los guardias y la apresaron. Esta vez no pudo volver a su casa porque fue acusada de ladrona y la encerraron en la mazmorra más alta.

Pasaron las horas hasta que se hizo de día. Un rayo de sol entró por la reja de la ventana y despertó a Teresa quien dormía acurrucada en el piso. Se puso de pie y miró hacia afuera. Por fin había logrado lo que tanto anhelaba, desde la mazmorra podía ver el interior del palacio rodeado de bellos jardines, hermosas aves que cantaban sin parar y bellos objetos con piedras preciosas que adornaban los muros y las ventanas. Todo ahí era mucho más bello que el anillo del anciano y el ave del niño.

Ahora que finalmente estaba en el interior del castillo no podía disfrutar de nada porque estaba encerrada, sucia, con frio y con hambre.

De pronto se movió una piedra en el fondo de la habitación y salió un joven que parecía un limosnero, era quizá otro prisionero que había cometido un crimen similar.

—¿Qué haces aquí? —preguntó el extraño.

—Me han encerrado porque creen que soy una ladrona, pero no es así, yo sólo quería saber qué hay dentro del palacio, ahora lo sé, pero estoy triste y sucia, y nunca podré salir de aquí para disfrutar lo que hay allá abajo.

—¿Quieres volver a tu casa?

—No lo sé, lo que veo es mil veces mejor que lo que hay en mi hogar y en el campo.

El muchacho sacó un pañuelo del que desenvolvió una manzana y se la ofreció.

—Come —dijo.

Teresa tomó el fruto con sus manos, pero antes de morderlo preguntó.

–¿De dónde la sacaste? ¿Cómo pudiste traerla hasta aquí?

–Si te lo digo no podrás comerla, tendré que llevármela de regreso conmigo.

–No importa, dímelo.

El harapiento muchacho caminó hacia la ventana y apuntó con su dedo hacia los huertos del palacio.

–Así que este fruto también es de aquí, dime, ¿acaso sabes cómo puedo llegar hasta allá?

–¿Estás segura de que quieres ir al huerto real? Eso es muy peligroso ¿No prefieres llevarte esta manzana y usar el pasadizo secreto para salir del palacio?

–No descansaré hasta contemplar y tocar con mis propias manos todo lo que hay en el interior de este hermoso lugar.

El muchacho se regresó con la manzana dejando el pasadizo abierto. La pobre campesina, extrañada, se puso de rodillas y comenzó a recorres el obscuro túnel. Vio una luz que se hizo cada vez más intensa y salió a una enorme sala real rodeada de guardias y doncellas. En un extremo pudo reconocer la ventana por la que una vez intentó mirar hacia el interior del palacio, del otro lado estaba el muchacho quien ya no lucía como un mendigo, sino que era el mismísimo rey que le tendía la mano. A su lado estaba su consejero: un anciano sosteniendo el anillo de bodas sobre un elegante cojín; y su mozo, un niño con un hermoso pájaro dorado en el hombro.

–Con tu persistencia has hecho brillar la grandeza de tu alma, una persona como tú merece vivir en un palacio. Has pasado las pruebas, ahora serás mi reina.

Teresa, convertida en reina, regresó a su casa acompañada de guardas y una alegre caravana. Su incrédulo padre se sorprendió de cómo la perseverancia de su hija les había cambiado la vida para siempre.

Julián Salcedo
Canadá, 1979

SE LLAMA CÚSPIDE, TIENE OCHO PATAS Y SABE LEER

Su madre le enseño a tejer. Un día Mama la mandó a tejer una telaraña en la esquina de un cuarto oscuro. Cúspide contenta se fue hacia aquella esquina porque era la primera vez que iba a tejer una telaraña ella sola.

Bajó por el muro, pasó por debajo de dos sillones y mientras iba por el piso moviendo sus ocho patas se encontró un papel. Se detuvo en el papel y vio que tenía rayas y círculos incompletos con formas que se unían y que a veces se repetían.

Cúspide miró esas formas y de pronto se dijo a sí misma:

– Journal.

Las primeras figuras formaban esa palabra en el papel, poco a poco, Cúspide fue encontrando el significado de todas las figuras que estaba viendo, minutos después ya estaba leyendo las primeras frases y entendiendo las principales noticias.

Interesada en lo que leía Cúspide olvidó la tarea que su madre le había encomendado y además olvido que estaba en medio del piso, quieta, sin poner atención de lo que pasaba a su alrededor (Algo muy peligroso para una araña).

Cuando estaba concentrada en la noticia de un río que se había llevado una universidad en el centro de la ciudad sintió que alguien levantó el papel y Cúspide se aferró al Journal para poder terminar de leer la noticia. Unos ojos grandes la vieron y Cúspide sintió que el papel se sacudió varias veces hasta que ella no se pudo sostener más, cayó al piso y salió corriendo a esconderse debajo de un mueble.

Después de esto, Cúspide no fue a tejer la telaraña que Mama le había encomendado, sino que salió corriendo a donde Mama a contarle lo que le había sucedido. Mama primero la reprendió porque no le había obedecido pero luego pensó que tal vez su hija estaba enferma. La envió al oculista y él no le encontró ningún problema a la pequeña araña, todos sus ojos veían muy bien. La envió luego al doctor general pensando que sería algún problema en la cabeza o en las patas, Cúspide se encontraba en muy buena forma y sus patas eran muy ágiles para tejer según dijo el doctor.

Mientras pasaban los días, más Cúspide leía: en los rincones leía papeles, miraba a todos lados leyendo cualquier cosa y encontraba letreros y señales que la llenaban de curiosidad.

Mama ya muy preocupada porque su hija no había vuelto a tejer, decidió ir con ella al psicólogo, tal vez su pequeña Cúspide lo que veía eran alucinaciones.

Fueron al psicólogo y la pequeña Cúspide contó todo lo que había leído al doctor, luego de dos horas el psicólogo le dijo a Mama:

– Su pequeña no está enferma pero, como las arañas no vivimos de leer sino de tejer, es necesario buscar una solución.

El psicólogo pensó un momento y le dijo:

– Hay un pequeño edificio cerca de aquí. Vayan a vivir un tiempo a aquel lugar y en tres semanas vengan y veremos cómo sigue Cúspide.

Obedecieron al doctor y se fueron al lugar señalado por él. Cuando llegaron Cúspide pudo leer en la puerta que decía:

–Biblioteca.

Se asentaron en un rincón y Mama se puso a tejer con la ayuda de su hija. La casa estaba lista, la oscuridad llego y Cúspide le preguntó a su mama si podía ir a explorar.

–Si –respondió mamá–, ve y busca otro rincón donde podamos tejer.

Cúspide bajo por el muro, caminó unos cuantos metros y todos sus ojos se abrieron sorprendidos cuando vio muchas arañas paradas en libros, metiéndose entre las revistas, adentrándose en los periódicos y tratando de abrir enciclopedias. Cúspide se acercó muy despacio a una de ellas que reía mientras leía y le preguntó:

– ¿Todas saben leer?

– Todas –respondió la araña sin siquiera mirarla.

Una a una Cúspide las fue conociendo a todas y se dio cuenta que eran engreídas, estiradas y creídas. No tejían porque creían que tejer era una pérdida de tiempo y ya no comían animales muertos ni vivos porque les parecía grotesco, dado esto, todas eran vegetarianas. Hablaban, hablaban y hablaban luchando por relucir entre las otras por su inteligencia y había unas, las más viejas, que inventaban palabras nuevas y hablaban en lenguas extrañas para asombrar a las otras y ser imitadas y amadas entre ellas.

Cúspide retrocedió al ver todo esto y salió corriendo a donde su Mama.

– ¡Mamá volvamos a casa, ya no quiero leer más! –dijo la pequeña Cúspide asustada.

Mama contenta la abrazó y esa misma noche salieron de aquel lugar para nunca más regresar.

Ya en casa, volvieron a su habitual rincón, Cúspide volvió a tejer y nunca más volvió a leer. Mama contenta sonrió porque su Cúspide se curó y le dio las gracias al doctor que había encontrado la solución.

Ana Laín Lázaro
España, 1974

LAS ESTRELLAS DEL RATONCITO PÉREZ

Había una vez un príncipe de siete años que vivía en un castillo grande y señorial.

Se llamaba Mateo.

Y aunque era un príncipe de la realeza, también era un niño inquieto y juguetón.

–¡Mamaaaaaaaá! ¡Se me mueve un dienteeeeee! ¡Socorroooooo! –le dijo a su madre la reina.

–No pasa nada, Mateo. Es que se te va a caer un diente de leche y te saldrá otro definitivo. Cuando eso ocurra, vendrá por la noche el Ratoncito Pérez y te dejara un regalito.

– ¿El Ratoncito Pérez? ¿Un regalito? –preguntó emocionado.

– Sí –le dijo su madre–, el Ratón Pérez recoge los dientes que se les caen a los niños. Tú lo tienes que dejar debajo de la almohada cuando te vayas a dormir, y el irá por la noche y te lo cambiará por un regalito si te has portado bien.

– ¿Y qué hace el Ratoncito Pérez con tantos dientes? –le preguntó Mateo a su madre.

– Pues la verdad es que no lo sé, Mateo. Se lo puedes preguntar a él si te lo encuentras. Le dijo su madre de broma.

Pero Mateo era un príncipe muy curioso. Así que se lo tomó en serio y el día que se le cayó el diente se propuso que no iba a dormir nada hasta hablar con el Ratoncito Pérez y preguntarle que hacía él con tantos dientes de leche.

Esa noche cenó pronto y dejó el diente debajo de la almohada.

–No voy a cerrar los ojos –se decía–, no sea que me duerma y no me entere cuando venga el Ratoncito Pérez.

Así estuvo un rato, pero al final sin querer se le cerraron los ojos y se quedó dormido.

A la mañana siguiente se despertó sobresaltado.

– Buahhhh –comenzó a llorar.

– ¿Qué pasa Mateo? –le preguntó su madre la reina– ¿Has mirado debajo de la almohada a ver si el Ratoncito Pérez te ha dejado algo?.

– Buahhh –seguía llorando Mateo–, yo quería hablar con el Ratoncito y preguntarle porqué colecciona tantos dientes. Buaaaa –le dijo quejoso–, pero me quedé dormido sin querer y ya nunca podré hablar con él.

Su madre la reina le acarició en el pelo.

– Bueno no te preocupes, mira lo que te ha dejado.

Mateo se puso muy contento porque tenía un coche de carreras y un billete de cinco dólares.

Pero estuvo enfurruñado todo el día por no haber podido hablar con el Ratoncito Pérez.

Por la tarde se encontró con su amigo Sir Lucas.

–Mateo, Mateo, ¿a que no sabes qué? Se me mueve un diente. Me ha dicho mama que se me caerá hoy y vendrá el Ratoncito Pérez por la noche.

A Mateo se le iluminaron los ojos.

– ¿En serio? Hoy es tu día de suerte Lucas –le dijo a su amigo con una gran sonrisa–, te propongo una misión para esta noche .....

Así que esa noche los dos durmieron en la habitación de Lucas esperando a que llegase el Ratoncito Pérez.

– Mateo que te duermes –le decía Lucas si veía que se quedaba dormido.

O…

– Lucas despierta –le decía Mateo dándole un codazo a su amigo.

Al final ya estaban los dos a punto de sucumbir del sueño que tenían cuando de pronto escucharon un ruido raro.

Se abrió la puerta y apareció un ratoncito con el pelo gris brillante. Unas orejas grandes y blancas y un enorme bigote negro. Tenía una gran sonrisa y llevaba un saco a la espalda.

– ¡Ahhhhhh! –gritó del susto que se dio al ver a los niños– ¡Pero si estáis despiertos!.

– Siiiii –dijeron los niños a la vez–, es que queríamos conocerte. Porque tenemos una duda.

– ¿Ah si? ¿Y cuál es esa duda? –les preguntó moviendo los bigotes.

– Queremos saber qué haces con tantos dientes. ¿Los coleccionas? ¿Dónde los guardas? ¡No te pueden caber en casa todos!

El Ratoncito Pérez sonrió picarón.

– No te rías y dinos donde los guardas –le solicitaron los niños.

–Los guardo en un sitio infinito donde caben todos sin problemas. Mirad, asomaros por la ventana. ¿Veis todas esas estrellas luciendo en el firmamento? Pues en realidad son dientes de leche de niños de todo el mundo. Todas las noches subo con el saco lleno y los lanzo al universo con mucha fuerza. Los dientes se esparraman por toda la oscuridad y brillan para siempre en el cielo estrellado.

– ¡Ohhhhhh! –dijeron los niños extasiados– ¡Es fantástico! ¡Qué emocionante es tu trabajo, Ratoncito Pérez!

– Bueno, que tengo que seguir trabajando –se despidió el Ratoncito Pérez– Sed buenos y obedientes y nos volveremos a ver cuando se os caiga el próximo diente.

A la mañana siguiente la reina entró a despertarles.

– Chicos, arriba. ¡Pero si ha venido el Ratoncito Pérez!.

– Sí –le dijeron–, y nos ha explicado qué hace con los dientes. No te lo vas a creer mamá.

– ¡Claro! Habéis soñado con el Ratoncito Pérez –les dijo.

– ¿Un sueño? –se preguntaron mirándose los dos– ¿Habrá sido de verdad un sueño?

En ese momento vieron lo que el Ratoncito Pérez le había dejado a Lucas. Un billete de cinco dólares y una hoja de estrellas brillantes de pegatinas.

Y los dos se miraron cómplices.

Isabel Gamarra García
España, 1972

DOS ERAN DOS, DOÑA CUCHARA Y DON TENEDOR

Cuando Cucharilla no había nacido, las cosas eran muy distintas en Cubertilandia. Según le cuentan los cubiertos más antiguos del lugar, cucharas y tenedores no compartían clase ni patio de recreo, y se les trataba de forma diferente. A pesar de estar hechos del mismo material y compartir cajón o mantel, ambos realizaban trabajos muy distintos y ninguno podía desempeñar la labor del otro u ocupar su lugar en la mesa, porque eso se veía como algo muy feo entre los habitantes de Cubertilandia.

Así convivieron durante mucho tiempo hasta que descubrieron que juntos podían hacer muchas más cosas y que daba igual el lugar que se ocupara en la mesa, al final todos y todas vivían en el mismo cajón llamado "Cubertilandia".

Realmente todo empezó a cambiar un día, cuando las cucharas, hartas de estar siempre en el cajón haciendo las mismas tareas, mientras los tenedores entraban y salían en desayunos, almuerzos, meriendas y cenas, decidieron que lucharían y se rebelarían ante el injusto trato. Ellas servían para algo más que para ofrecer sopas y cremas, podían encargarse de cualquier comida sin temor, además de cuidar de los cubiertos pequeños y de mantener el cajón limpio. Querían demostrar que las cucharas y los tenedores eran iguales, podían tener forma diferente, pero era una cuestión física nada más, ambos podían desempeñar los mismos cargos y funciones si se les daba una oportunidad. En un principio los tenedores se mostraron reacios, ellos estaban acostumbrados a trabajar fuera del cajón y cuando regresaban de la mesa o del lavavajillas, solo les quedaban ganas de descansar. No querían ser molestados con problemas cajoneros sobre lo mal que se había portado aquella cucharita de postre o lo desordenados que eran los tenedores medianos de carne, eran cuestiones a las que siempre se habían dedicado las cucharas y lo hacían muy bien, no había motivos para cambiar nada.

96

Doña Cuchara tuvo entonces una genial idea; sacó brillo a su mango de plata, sacó fuera toda su energía cucharil y se fue a visitar al alcalde Don Cucharón para pedirle que escuchara sus quejas y demandas. Las cucharas estaban orgullosas de ser quienes eran y en absoluto renegaban de su papel en la mesa, pero se consideraban capacitadas para otras muchas tareas que hasta ahora eran consideradas "tareas de tenedores". Solamente pedían la oportunidad de demostrar sus conocimientos y habilidades. La vida dentro del cajón era monótona y poco reconocida, querían salir más veces a la mesa y que los tenedores colaboraran un poco más en el hogar. Don Tenedor, que aparentemente podía parecer un poco chapado a la antigua, acompañó a su señora hasta la alcaldía situada en el último cajón de la cocina y fue el primer cubierto que se puso en huelga de dientes caídos en apoyo al cambio.

La verdad es que la propuesta era tan razonable que Don Cucharón no tuvo más opción que reunir a todos los cuchillos y hacer que cortaran unas nuevas leyes en las que todos los cubiertos fueran iguales ante la ley cubertil.

La ley fue aceptada con gran entusiasmo en todo el reino de Cubertilandia. Las cucharas fueron apoyadas por las servilletas, las tijeras de cocina, las espumaderas, las raseras y por un amplio sector de toda la vajilla. A los tenedores les costó entender que desde ese momento iban a ser iguales tanto en el mantel como en el cajón pero aceptaron gustosos vivir la experiencia e intentar convivir en armonía ante lo que había decidido la justicia y el sentido común.

Para Cucharilla, acostumbrada a salir del cajón en todas las comidas si era necesario, a ser tratada con la misma dignidad en el mantel, a convivir dentro del cajón con todos los cubiertos por igual, a compartir clase y patio de recreo con tenedorcillos, le resultaba extraño e incluso gracioso que antes hubiera tales diferencias, pero se sentía orgullosa de que su madre Doña Cuchara y su padre Don Tenedor fueran dos cubiertos tolerantes, justos, solidarios y que le hubieran enseñado que todos éramos iguales, a pesar de nuestra forma, material o aleación.

Es cierto, ahora la situación es totalmente distinta; cucharas y tenedores tienen los mismos derechos y obligaciones. Cucharas y tenedores optan a los mismos puestos de trabajo, aunque hay que admitir que hay cosas que las cucharas hacen mucho mejor y otras en las que es indiscutible la labor de los tenedores. Las diferencias son innegables y evidentes, pero eso no impide que tanto cucharas como tenedores pueden hacer lo que se propongan con esfuerzo y constancia.

Cucharilla está aprendiendo a ser "pala de pescado" y es complicado pero no imposible. En un futuro podrá desarrollar todo lo que se proponga y para eso se está preparando.

Cada 8 de marzo celebran el día de la "Cubertería Revuelta", rememoran el momento en que una cuchara valiente se decidió a pedir la libertad de elección para todos los cubiertos y cómo gracias a ella y a su plateado esposo, eso ahora es posible.

Leslie Urdanivia
USA, 1989

LAS AVENTURAS DE PATA DE CARAMELO

El pirata Pata de Caramelo despertó aquella mañana después de tener un sueño muy extraño. Había soñado que finalmente se había montado en su barco de tres mástiles y rescatado a la Princesa de los Enmascarados, que vivía prisionera del Ogro Hambriento en un enorme castillo en el Bosque de los Suspiros.

El nombre de la princesa era Zía, y tenía fama de bella y justiciera. La gente contaba que cierto día el Ogro Hambriento despertó de una larga siesta y había tomado a Zía como prisionera, y desde entonces, la princesa vivía encerrada en un castillo en lo más profundo de aquel bosque misterioso al cual ningún hombre, por valiente que fuese, se atrevía a entrar.

Nadie lo sabía, pero el pirata Pata de Caramelo era diferente a los demás piratas del mundo. Nunca había robado ninguno de esos cofres de oro que salen en las películas, ni había luchado con su espada para defender su embarcación. El pirata Pata de Caramelo había nacido tan, pero tan dulce y bueno, que hasta su pierna falsa, en vez de ser de madera, era de un bastoncillo de esos que se cuelgan en los árboles de Navidad.

Por eso sus padres, que eran piratas por tradición, y sí robaban cofres repletos de oro, y asaltaban a los pobres marineros que navegaban por el mundo, le dieron aquel nombre tan poco temerario y lo abandonaron en un bote en alta mar, a su suerte. Piratas al fin, debían de hacer un acto de tan mala fe para limpiar su honor de maleantes.

El pobre bebé Pata de Caramelo navegó en aquel bote por dos días enteros, hasta que un gran galeón pasó muy cerca de él, y el capitán, que también era un hombre bueno y gentil, lo recogió y lo crió como si Pata de Caramelo fuera su hijo.

Fue así que pasaron los años, y el bebé se convirtió en un joven con un parche postizo sobre su ojo, y en el lugar de su pierna de bastón de Navidad, mandó a ponerse un caramelo alargado y fuerte, que no fuera a romperse con sus muchas aventuras por el mundo.

Lo primero que hizo fue trabajar muy duro para comprarse su propio barco. Ya cuando, alcanzó la mayoría de edad, le avisó con voz fuerte a su padre:

—Me voy a recorrer los mares del mundo, y voy a enseñarle a todos que para ser un pirata no hay que ser malo. Tendré mil aventuras y aun así no le haré mal a nadie.

De esta manera, se montó en su barco de tres mástiles y navegó los Siete Mares en busca de personas que salvar y cosas que regalarles a los que vivían en tierra firme.

Así el pirata Pata de Caramelo luchó contra el pulpo Té-Merario, que le gustaba capturar a los tripulantes de las embarcaciones y hacer té con ellos a las cinco de la tarde, en una cueva junto a la playa. El pulpo gigante y malo, que era inglés, terminó cocinado en una cazuela de mariscos que Pata de Caramelo hizo para invitar a la gente del pueblo a celebrar su victoria.

Nuestro pirata también hundió el Barco Fantasma del capitán Vendaval, que molestaba a los pobladores de Atlantis, de forma que estos se desaparecían del mapa de vez en cuando, para que el capitán no los encontrara y de esta forma los dejara en paz.

Pero entonces, el pirata Pata de Palo, después de haber ayudado a muchas personas, y haberse creado una reputación de justo y benevolente, se fue a dormir aquella noche.

Y soñó con Zía, la princesa de la que todos hablaban, que vivía prisionera del Ogro Hambriento, en el Bosque de los Suspiros.

Al día siguiente, se levantó dispuesto a encontrar aquel bosque, que no estaba en ningún mapa del mundo, ni en la tierra ni en el mar. Se le ocurrió pues, visitar al rey de Atlantis y preguntarle si él sabía dónde quedaba aquel bosque tan místico que nuestro pirata no conocía. El rey era un hombre muy sabio y conocía mejor que nadie las artes de andar escondidos del ojo público.

Como Pata de Caramelo los había salvado del Barco Fantasma, el rey se sintió en deuda, y le regaló un mapa especial, muy viejo y delicado del cielo y las nubes. Resulta que el Bosque de los Suspiros quedaba justamente sobre la cabeza de todos, allá en el cielo, donde sólo se podía llegar volando.

Aquello hizo que la imaginación del pirata echara a volar. Primero se imaginó montado en un avión de esos que la gente toma todos los días. Pero pensó que saltar en paracaídas no lo llevaría con exactitud hasta el lugar que él necesitaba. También pensó en pedirle prestado a Hércules, que era muy bueno en eso de ayudar a sus amigos, su caballo volador, Pegaso. Pero entonces recordó que Pegaso era asmático, y no podía volar tan alto sin tener una buena crisis de taquicardia.

Hasta quiso llamar a la Bruja Malvada para pedirle su escoba voladora por un ratico, pero la bruja estaba muy molesta con el pirata, ya que la última vez que le había prestado algo (en este caso, la bola mágica, para hallar dónde se escondía el dragón de tres cabezas) el objeto había regresado hecho añicos.

Pensó y pensó, hasta que recordó a Matis, el hada enana que con su polvillo maravilloso, hacía volar los objetos más pesados, y decidió hacerle una visita para explicarle por qué necesitaba de su ayuda.

Matis, a diferencia de lo que pueden imaginar los demás, era un poquito egoísta cuando se trataba de compartir su polvo dorado para volar.

Como el pirata Pata de Caramelo deseaba salvar a la princesa Zía más que nada en el mundo, le propuso al hada que si él regresaba victorioso del cielo le entregaría su barco de tres mástiles, como pago por su ayuda con el polvo dorado.

Matis aceptó, al mismo tiempo que le entregaba una bolsita con el preciado polvillo. El hada le dijo firmemente:

–Pata de Caramelo, debes cubrir tu barco con el polvo mágico, mientras recitas la siguiente frase: "*Veritas in simplice, pedes in terra ad sidera visus*", y volarás en un tris-trás.

Pata de Caramelo hizo todo al pie de la letra y, en menos de un segundo, el barco levantó el vuelo y partió al Bosque de los Suspiros, escondido entre las nubes.

El barco voló tan, pero tan alto, que el mar parecía un charquito azul celeste, y las nubes lo rodeaban como pedazos de algodón flotante. Pasó un buen rato, hasta que comenzó a divisar árboles torcidos y extraños flotando sobre las nubes, que parecían hablar y suspirar: "Ven, quédate con nosotros… Canta una canción… Tra-la-la-la-laaaa". Pata de Caramelo decidió ignorar aquellos árboles tan raros y cantarines, y siguió el curso en su barco.

Al rato, divisó un campo de trigo, remolacha, calabaza, y melón, y como ya sentía hambre, pensó que sería buena idea detenerse y recoger algo para comer en el camino.

No habían pasado ni cinco minutos cuando, ¡por fin!, encontró unas torres a lo lejos. Como en todos los cuentos donde hay princesas encerradas en castillos, nuestro héroe dirigió su barco flotante hasta la torre más alta, y ahí estaba Zía, la princesa más bella que él había visto en su vida.

Zía abrió los ojos muy grandes cuando se asomó por la ventana de la torre y vio que el pirata Pata de Caramelo había ido a ¿rescatarla? La princesa sonrió, porque sabía que todo aquello era un error, pero se alegró de las buenas intenciones del pirata.

—Yo no necesito ser rescatada, Pata de Caramelo. Aquí vivo con el Ogro Hambriento porque él es muy bueno conmigo. Soy feliz, y él me quiere mucho. No como dice la gente de allá abajo. Su único problema es que siempre tiene hambre. Por eso gruñe, y todos piensan que es feroz. Pero es muy buena gente, la verdad.

Pata de Caramelo comprendía más que nadie. La gente lo juzgaba todo el tiempo sin saber, pero él no era malo, a pesar de que era un pirata de corazón, con una pata falsa y un parche postizo sobre su ojo.

Para no dar el viaje en vano, le regaló toda la comida que llevaba en su barco a la princesa Zía, para que el Ogro Hambriento se llenara su panza y dejara de gruñir del hambre al menos por un ratico. Zía y el Ogro estaban tan felices, que hicieron una fiesta en su honor con los habitantes del Bosque de los Suspiros y la música de los árboles cantarines.

El regreso a casa fue un poco triste. Pata de Caramelo sabía que le había prometido a Matis, el hada enana, que le entregaría su barco si regresaba de su misión. Y como él era un pirata honrado, y su honor no le permitía faltar a su palabra, se presentó ante el hada y le dijo:

—Matis, mi palabra es lo único que tengo. Aquí está el barco, como prometí a cambio de tu ayuda.

Matis, que a pesar de ser un poco egoísta, también tenía un lado bueno (después de todo, era un hada, no una bruja) le contestó:

—Querido Pata de Caramelo, has cumplido tu promesa y has regresado a cumplir tu parte del trato. Sin embargo, no puedo aceptar tu barco. Sólo podría quedarme con tu embarcación si regresabas victorioso, y traías a la princesa Zía contigo. Pero has fallado tu misión. Así que tu barco, que además de tener tres mástiles, ahora también vuela, sigue siendo tuyo.

El pirata Pata de Caramelo estaba tan feliz, que no creía escuchar lo que el hada le decía. Se había mantenido fiel a su palabra, y aún podría quedarse con su preciado barco.

Esa noche, Pata de Caramelo se fue a dormir con una sonrisa sobre los labios, y soñó con peces de colores y con el Rey de Todos los Océanos, que le pedía ayuda para encontrar a su hijo perdido en la marea del sur. Al otro día, despertó dispuesto a sumergirse en esta nueva aventura... Pero ya esa es otra historia.

Y colorín, colorado, el cuento del pirata Pata de Caramelo ha acabado...

(¡Por ahora!)

Úrsula Melgar Arjona
España, 1983

LA FLAUTA DE YEZABEL

Hace muchos años, vivía en un lugar muy lejano una niña llamada Yezabel. Por desgracia, quedó huérfana desde muy pequeña. Tras perder a sus padres, fue amparada por sus tíos. Como éstos eran adinerados y no tenían hijos, no vieron mal tenerla bajo su custodia.

Al principio, la niña era muy feliz. Se sentía muy querida por sus dos parientes. Sin embargo, cuando cumplió siete años, su tía se volvió muy estricta. A pesar de haber sirvientes en la casa, le imponía labores del hogar, como lavar la vajilla o sacudir los muebles.

Realizar esas tareas era pan comido para Yezabel, pero no opinaba lo mismo cuando su tía la obligaba a fregar el suelo de rodillas. Acababa con sus manos, rodillas y pies doloridos. A veces, su tío defendía a la niña diciendo:

—Mujer, ella es muy pequeña para hacerlo.

A lo que su tía contestaba:

—La vida no es fácil. ¡Ya es hora de que aprenda!

Cuando el afecto de su tío no era suficiente para calmar su dolor, la pequeña huérfana se consolaba tumbada en el jardín, interpretando melodías con una flauta: el único recuerdo de sus padres.

Un día, mientras tocaba su flauta bajo el sol de la tarde, se le apareció un hada.

—Yezabel, tengo algo para ti.

Los ojos de la niña expresaban una profunda alegría.

– ¿De veras? –preguntó.

—He oído como tocas la flauta. Desde ahora, cada vez que la hagas sonar ocurrirá algo especial. No olvides tocarla si te encuentras en un apuro.

Y desapareció sin más.

Desde entonces, la vida parecía sonreírle a Yezabel. Cada vez que recurría a su instrumento, las flores se mostraban más bellas y las tormentas cesaban, dando paso al reluciente sol. Todos en la casa disfrutaban con la música de la flauta. Y eso hizo que su tía se sintiera celos. Estaba tan celosa que un día, cansada del talento de su sobrina, la asió de un brazo y la encerró en el sótano.

–Si consigues salir en una hora –le comentó–, me aseguraré de que no estoy criando a una niña que pierde el tiempo con bobadas. Debes cruzar tres puertas. Cada una te llevará a la siguiente.

La perversa mujer cerró la puerta con llave, abandonando a la niña en la oscuridad del sótano. Lo que no le dijo era que, en caso de no poder salir, no la rescataría. Por si fuera poco, la llave carecía de copia. La huérfana estaba muy asustada. No obstante, quería salir de allí.

Sin pensarlo un momento, se dispuso a abrir la puerta del interior. Era tan antigua que se resistía al principio. Tal fue su horror, al descubrir que tras ella había un león al acecho.

De repente, Yezabel sacó su flauta, que guardaba en uno de sus bolsillos. Con la misma inocencia que lo hacía en el jardín, empezó a tocar una melodía. El fiero animal se volvió manso en un abrir y cerrar de ojos. Incluso permitió que la pequeña le diese unas palmaditas sobre su enorme cabeza.

La segunda puerta no era menos dura que la primera. Cuando los empujones de la niña lograron, al fin, que cediera, encontró algo que también la hizo salir de su asombro.

Una colosal serpiente aguardaba en la siguiente habitación, dispuesta a atacarle con sus afilados dientes si se atrevía a acercarse. Esta vez, el temor de Yezabel era menos intenso, pero nada le transmitía seguridad. Esa vez tampoco dudó en usar su talento musical. La melodía que hizo sonar provocó tal encantamiento a la serpiente, que ésta bailaba al son de la música.

La tercera puerta era mucho más difícil de abrir que la primera y la segunda juntas. Se quedó sin fuerzas, pero las ganas de ver la luz la hicieron seguir.

Tras abrir la última puerta, Yezabel pudo observar varios matorrales del jardín. Sintió tanta euforia que le dieron ganas de correr. Una y otra vez empezó a rodar sobre el césped con una sonrisa de oreja a oreja.

Su tía la observó desde el interior de la casa e hizo que acudiese inmediatamente, mientras que a su tío le invadió la preocupación. Se preguntó a sí mismo que más tenía preparado para su sobrina.

– ¡Dame eso! –dijo la malvada mujer, mientras le arrebataba la flauta– Quiero saber cómo funciona.

Después de decir esto, comenzó a tocar. La melodía que los allí presentes escucharon era tan desafinada, que atrajo a todos los lagartos, culebras y sapos más cercanos del lugar.

Cuando la tía de Yezabel encontró el suelo plagado de esos animales, tan repugnantes para ella, soltó la flauta y corrió con tanto brío que desapareció de la vista de todos. Los lagartos, culebras y sapos corrieron tras la perversa mujer.

Tanto la niña, como su tío y los sirvientes se divirtieron viendo cómo corría. Desde entonces, nadie de la casa fue molestado por la dueña nunca más.

Eduardo Frías Etayo
Cuba, 1968

CONCIERTO PARA GRILLO

Hace unos días vino a vivir en mi habitación un grillo. Cómo llegó al último cuarto de un apartamento en el segundo piso de un edificio que se halla dentro de una ciudad, es un misterio. Tal vez es un grillo errante, o quizás llegó de polizón dentro de la mochila de mi tío el Viajero.

Lo cierto es que ahí está, compartiendo mi desorden con Pussi y Peluso, un par de ratones grises que tienen su cueva en el marco de la puerta que comunica mi cuarto con el comedor. Dicho sea de paso la pareja de roedores pidió permiso para mudarse aquí, lo que no aclararon fue lo de su descendencia. Ahora son cerca de una docena de ratoncitos que se la pasan correteando por toda la casa. Suben por el cable de la antena del televisor, dan saltos y juegan por todo el patio formando un barullo de altura.

Pero volvamos a Cunegundo Segundo. Ese fue el nombre con el que bautizamos al señor grillo. Al principio quise ponerle Paganini, por lo de los conciertos después de medianoche (no es que Paganini fuera trasnochador, es la diferencia de hora con Italia, allá es de mañana cuando aquí andamos por el quinto sueño). Después pensé que por el bien de la carrera del grillo no debía nombrarlo así porque alguien podría censurarlo. Se imaginan, el grillo con una gran X roja sobre su cuerpo. Eso no vendría bien con su imagen artística, sin contar los carteles por todos los cuartos:

NO SE ADMITEN FALSOS CONCERTISTAS

Por fin, después de una veintena de nombres, posibles instrumentos para el fracaso de este aspirante a la sinfónica montuna, me decidí por Cunegundo II el Obstinado. Esto último se debe a que no es tan bueno con el violín, si alcanza tocar más de dos notas en una madrugada es un logro, pero empecinado sí es. Se la pasa ensayando la noche entera a riesgo de que lo declare grillo no grato en mi cuarto.

En las últimas semanas han aparecido carteles anunciando sus conciertos. Sospecho que para esto ha utilizado la complicidad de la familia Pusi-Peluso que son más arriesgados y se atreven a dejarse ver de día. Las trasnochadas y la vida bohemia de Cune no le permiten abandonar su sueño durante el día. Para colmo últimamente se las daba de galán. Tenía cinco cucarachas fanáticas a la música que no se perdían un concierto. Una noche al encender la luz las sorprendí embobecidas mientras el concertista demoraba su actuación con el pretexto de afinar su instrumento. ¡Vaya descaro! El cuarto corría el peligro de superpoblación y hambruna porque ya no alcanzaban las migajas que robaba de la mesa para alimentarles. Pero él hacía oídos sordos a mis protestas. Claro, con la emoción de tener público tocaba aún más alto. Tuve que hablar seriamente con él por las protestas de los vecinos.

Las cosas no iban sobre ruedas pero nos soportábamos. Él no decía nada del olor de mis tenis viejos, donde se ocultaba por el día y yo no le comentaba lo de su desafinación, aunque en ocasiones tuve que taparme los oídos con algodón para conciliar el sueño.

El desastre fue ayer. Cuando se marchó esta mañana caminaba cabizbajo, y hasta me miro con tristeza. Y eso que le juré no era mi culpa. Casi muere aplastado. Por suerte sólo hubo que lamentar la rotura del violín. Por mucho que se moleste, la culpa es de él, sabiendo que mi chancleta es rumbera se puso al lado de ella al empezar a tocar.

Paola Andrea García Noboa
Ecuador, 1978

CUANDO LLUEVE, ¿QUÉ PASA CON LAS ABEJAS?

Como todos los días, aquella mañana de sol, Della, la abejita obrera, salió a colectar néctar de las flores para su colmena. Mientras exploraba el valle, Della buscaba con atención a su flor favorita, de la cual disfrutaba mucho sacar su néctar.

Cuando se posaba sobre sus hermosos pétalos amarillos, sentía que caminaba sobre el gran astro sol al que tanto admiraba Della porque estaba convencida que en el origen de las abejas, estas habían sido salpicas con su luz, por eso su piel también era amarilla.

Durante su búsqueda, mientras la abejita volaba por el amplio valle, nuestra amiga no se dio cuenta que el cielo empezaba a cubrirse de nubes, augurando la llegada de una gran tempestad. Para descansar un poco Della se posó sobre una pequeña flor, de pronto muchas gotas de agua comenzaron a caer del cielo.

En poco tiempo, las gotas de agua se habían convertido en granizo y el viento corría despiadadamente. Della, quedó completamente petrificada del susto, pues nunca en su vida había visto una tormenta tan poderosa. De pronto, a pesar de sus enormes esfuerzos por mantenerse fija en el tallo de la pequeña flor, Della no pudo soportar más los vientos huracanados y salió arrojada hacia el vacío.

¡Pobre Della!

Por fortuna logró controlar su vuelo y alcanzó a ver un agujero en el tronco de un árbol y con enorme dificultad la abejita logró entrar en aquel refugio natural. Al fin sintió alivio de poder descansar y secar sus alas, pero al poco tiempo un pájaro entro al mismo agujero donde estaba Della, para protegerse también de la lluvia y, al ver a nuestra abejita, sintió muchas ganas de comérsela, pues el pájaro había salido a buscar su alimento diario y por las lluvias no pudo conseguir nada, así que estaba muy hambriento.

Antes de ser devorada, Della logró esquivar el pico del ave y salió del agujero volando, pero en ese momento una enorme gota de agua que estaba contenida en unas de las ramas del árbol, cayó encima de ella, empujándola directamente hacia el suelo.

Una vez en tierra Della la abejita buscó desesperadamente un refugio, pues sabía que en el suelo ella estaba expuesta a muchos peligros. Casi sin esperanza logró ver una pequeña hoja seca que había caído sobre un par de ramitas, haciendo una especie de paraguas. Della hizo un gran esfuerzo para llegar al pequeñito refugio. Una vez allí observó el panorama gris y mojado que tenía frente a ella y pensó: ¿cómo voy a hacer para regresar a casa? Mientras pensaba en esto, alcanzó a ver que de a poco se iba acercando un enorme escarabajo con un gran cuerno en su cabeza. Le sorprendió ver que este insecto avanzaba tranquilamente en la torrencial lluvia. Cuando el escarabajo estuvo pasando muy cerca del refugio de Della, ella le grito:

—¡Oye, escarabajoooooooooo!, ¿cómo puedes avanzar sin ninguna protección con esta lluvia?

Entonces el escarabajo, con su enorme cuerno en su cabeza, se acercó lentamente a Della la abejita y le respondió:

—Los escarabajos rinocerontes podemos avanzar en la lluvia porque nuestro cuerpo es una coraza muy fuerte y nos permite cargar hasta treinta veces nuestro peso y, además, el agua resbala sobre nuestras alas sin ningún problema —sonrió muy orgulloso y continúo diciendo—, en cambio tus alas, querida abeja, son muy delgadas y tu cuerpo muy blando, así que es mejor que te protejas bien de esta lluvia.

Al terminar de hablar, el escarabajo volvió a su marcha despreocupada bajo la lluvia.

Tras esta conversación, Della la abejita examinó su cuerpo y efectivamente, se dio cuenta que el escarabajo tenía razón. Se sintió muy triste porque su primer problema entonces no era cómo regresar a casa, sino cómo iba lograr salir viva de esa terrible lluvia. Al tiempo que pensaba en esto, la pequeña hoja seca que hasta entonces le había servido de cubierta comenzó a ser movida por una fuerza externa y finalmente la hojita se deslizó de las pequeñas ramas que la sostenían y cayó al charco de agua que empezaba a formarse en el suelo. Entonces Della la abejita vio que una enorme hormiga se posaba sobre la hoja seca y comenzaba a navegar sobre el agua.

Della, al verse completamente descubierta, saltó instintivamente sobre la hoja junto a la hormiga y navegó junto a ella. La hormiga la miró de reojo con indiferencia y le preguntó:

—¿Qué hace una abeja como tú en el suelo y desprotegida de un aguacero como este?

Della la abejita, molesta, le respondió:

– Yo no estaba desprotegida. ¡Es que tú te estás llevando la hojita que me servía de cubierta y me has dejado sin techo!

La hormiga observó a Della con desgano y le respondió:

– Con la crecida de las aguas, querida abeja, tu refugio no hubiera durado mucho y en poco tiempo más te hubieses ahogado –y continuó la hormiga–, yo en cambio tengo la capacidad de navegar en las hojas y aprovechar del agua para llegar a mi destino. Así que, mi estimada abeja, te sugiero que tan pronto veas un lugar seguro me digas para dejarte ahí, porque mi camino es largo y no te puedo llevar conmigo.

¡Pobre Della!

Ya muy empapada de lluvia, le pidió a la hormiga que la dejara sobre una piedra alta que alcanzó a ver y que parecía segura. Sin la posibilidad de poder volar, nuestra querida abejita subió a la roca y se quedó ahí parada viendo cómo la hormiga avanzaba por el riachuelo formado en el suelo y se perdía en medio del bosque.

Della, completamente angustiada al no sentirse capaz de resistir aquella tormenta como el resto de insectos que había encontrado en su camino, se quedó pensativa junto a una ramita que se agitaba con el viento pero que no se rompía gracias al apoyo de la piedra sobre la que estaba Della. De pronto, nuestra amiguita observó que de la rama se sostenía con mucha confianza una mantis del mismo color verdoso que la planta, así que, una vez más Della, quiso preguntar con la esperanza de intentar hacer lo mismo.

–¡Oye mantisssssssssssss! –gritó Della– ¿Cómo puedes sostenerte de aquella rama con estos vientos tan fuertes?

La Mantis la miró y sin mucha preocupación le respondió:

– Mis tenazas delanteras sirven para cazar mi comida, por lo tanto son lo suficientemente fuertes para evitar que mis presas se escapen, pero también me sirven para sujetarme de las ramas cuando llueve de esta manera. Tú tienes suerte abeja, porque si no estuviera ocupando mis tenazas para sujetarme de esta rama, tú serías mi almuerzo.

Della, muy asustada, retrocedió y resbaló de la piedra sin remedio y cayó al riachuelo que ya se había convertido en un gran río que arrastraba ramas y hojas.

De pronto, ya casi sin aire y a punto de desmayarse, una hermosa flor amarilla que estaba al borde del riachuelo extendió sus pétalos y rescató a la abejita, la envolvió en sus pétalos, cerrándolos casi por completo para protegerla de la lluvia y el viento. Della pudo ver que de pronto estaba dentro de una burbuja amarilla a la que no entraba ni una gota de agua. Muy sorprendida, se dio cuenta de que aquella flor era su flor favorita.

Della, comenzó a sentirse abrigada y segura, y eso la tranquilizó mucho. Mientras secaba un poco sus alitas, la flor le preguntó:

—¿Por qué no te has protegido de la lluvia, abejita?

Della un poco avergonzada y casi susurrando le respondió:

— He salido a buscarte para colectar tu néctar y con esta lluvia me he dado cuenta que soy muy frágil. Mi cuerpo es incapaz de resistir esta tempestad, mientras que otros insectos si pueden hacerlo.

Della comenzó a llorar tristemente. La flor, su flor favorita, estrechó sus pétalos haciendo más pequeña la burbujita amarilla en un intento de abrazar y consolar a Della, al tiempo que le decía:

— Querida abejita, ¿acaso no sabes lo importante que tú y tus hermanas son para nosotras las flores?

Y Della curiosa continúo escuchando:

— El talento que tú tienes no se compara con ningún otro insecto. Sin ti yo y mis frutos no podríamos existir, porque gracias a tus patitas donde mi polen se pega mientras tú recoges mi néctar, yo puedo viajar sin moverme de aquí. Tú llevas mi semilla a mi compañera, y mientras recolectas su néctar tú depositas mi polen en ella y así tú haces posible que ambos nos encontremos para hacer nuestros frutos: los zapallos, y así continuar existiendo, querida Della!

La abejita, sorprendida interrumpió a la flor y le preguntó:

—¿Cómo sabes mi nombre?

Y ella le respondió:

— Las flores nos arreglamos para saber el nombre de nuestra abeja favorita.

¡Qué alegría sintió Della en su corazón, al saber lo importante que ella era para su querida flor y para todas las flores del mundo!

Entonces, casi sin poder mantener sus ojos abiertos, la abejita agradeció mucho a su salvadora y pronto se quedó profundamente dormida. Cuando la lluvia finalmente terminó, la flor abrió sus pétalos para recibir la luz del sol y Della despertó muy contenta de poder sentir sus alas completamente secas. Con la sensación de haber descansado en el centro del astro sol, Della se despidió muy agradecida de su flor favorita y voló de regreso a casa sin miedo y muy orgullosa de ser Della, la abejita obrera.

¿Fin?

Elman Trevizo Higuera
México, 1981

A LA GARZA LE GUSTA LEER

A la garza Garuda le gusta leer y a veces busca los lugares más extraños para hacerlo, aprovechando que puede volar.

Cerca de donde vive hay un monte tan alto que desinfla las nubes haciéndolas llover. Hasta ahí sube y, entre la lluvia, se pone a leer historias de desiertos y lugares secos. Cuando se aburre de estar sola, se pone su abrigo hecho de periódicos y vuela hasta al Polo Norte donde vive su amigo oso el cocinero, al que no le gustan los libros y siempre que ve uno empieza a rugir y a estornudar.

Batallando, la garza convence a su amigo para que lean juntos un libro de cocina. El oso lo toma, ruge una vez y estornuda dos. En el libro vienen recetas muy parecidas a las que él servía en el restaurante donde trabajaba. Lo único que no le gusta es que también viene una receta para cocinar un oso. Ruge de nuevo y le da vuelta a la página para seguir leyendo sobre otros platillos más exquisitos.

La garza Garuda le deja el libro y se va a Francia, muy lejos, a visitar a su amigo el gato de cascabel rojo que había conseguido trabajo en una zapatería.

El gato le sigue teniendo mucho miedo a los fantasmas y por eso leen juntos la leyenda de una señora que se aparece en las noches a darle de comer a los gatos solos y hambrientos. El gato de cascabel rojo se da cuenta de que no todos los fantasmas son malos y que tal vez sólo existen en los libros. Se pone feliz y, para agradecerle, le regala a la garza Garuda unas zapatillas del color del viento.

La siguiente visita que hace la garza Garuda es en el océano, donde entre tanta agua vive su amiga pulpo que no tiene trabajo pero que, a diario, con sus tentáculos, se divierte jugando con la sopa de letras, aunque las palabras que forma se ahogan abajo del agua. Es la única amiga de la garza Garuda que lee a todas horas. Guarda todos sus libros en el centro de una almeja.

Para poder bajar al fondo del mar, la garza Garuda se envuelve en una burbuja hecha de palabras a la que también entra su amiga. Esta vez las dos leen una historieta sobre una ardilla bibliotecaria que acomoda los libros con sus grandes dientes y a veces sin querer los muerde.

Luego, la garza y su amiga pulpo, comen sopa de letras pensando que en sus panzas se formarán algunas palabras, y tratan de adivinar cuáles.

De repente la garza Garuda se acuerda que tiene que ir a visitar a Tomás el conejo astronauta. La luna está llena y puede aprovechar para ir hasta allá y leer con su amigo algo sobre viajes al centro de la tierra. Los dos comen cápsulas con las que se alimentan los astronautas y se divierten hablando de astros, estrellas y planetas, hasta que la garza Garuda sigue su viaje y se va a visitar a su amigo el orangután que es oculista y se dedica a ver los ojos de las personas. Pero la garza Garudano va con el orangután a leer un libro sobre ojos, cejas, pestañas o algo parecido. Sólo va a que le diga si debe de usar lentes, pues últimamente los ojos se le cansan mucho con cada libro que lee.

–Tus ojos están muy bien, Garuda, pero no debes de leer letras muy pequeñas. Trata de leer palabras más grandes que tu pico –le dice el orangután oculista.

Al salir del consultorio del orangután, la garza Garuda se va al laboratorio del hombre científico, para pedirle prestado un microscopio. Luego va a la casa de la niña detective Carmina a pedirle una lupa. A partir de ese momento usará esos objetos para leer las letras demasiado pequeñas.

Se acuesta en su árbol preferido y se pone a pensar qué hará al día siguiente:

"Iré a visitar a la serpiente enfermera y a la cucaracha cuidadora de pasteles. Leeré junto con ellas la historia que escribí sobre un vaquero que tiene un caballo que camina para atrás, como los cangrejos".

Entonces, al saber lo que hará mañana, la garza Garuda se duerme contenta. Ahora le toca leer en sus sueños. Espera ver con claridad las letras pequeñas que le dará la noche.

María Rocío Cardoso Arias
Uruguay, 1955

CANELA, LA PERRA GENEROSA

Canela vive en un pequeño pueblo llamado Mariscala, en Uruguay. Ella es una perra muy generosa que siempre ayuda a los demás.

Al atardecer, cuando el cielo se tiñe de rojos y ocres, Canela se queda dormida frente a la estufa a leña. Estaba llegando el invierno.

Un buen día, llegó al pueblo un zorro muy grande, que recorrió el lugar buscando una cama donde pasar la noche. Todos lo miraban con desconfianza, porque saben que los zorros son traicioneros y, como si fuera poco, su mirada daba miedo.

El zorro caminó por el vecindario y como nadie le dio un lugar para pasar la noche, se fue para el campo y en el camino se cruzó con Canela.

–Hola, linda perrita, ¿cuál es tu nombre? –preguntó el zorro, con una enorme sonrisa.

–Me llamo Canela.

– ¿Y dónde vives?

–Vivo en la granja de Úrsula.

–¿Y qué haces a estas horas de la noche, sola por la calle?

–Regreso a mi casa. Y tú, ¿cómo te llamas? –le preguntó Canela.

–Mi nombre es Natalio y vengo desde La Charqueada.

–¿De La Charqueada? – se asombró Canela–. Yo estuve allí, de vacaciones con mi dueña y no te vi. Es raro porque es un lugar donde todos se conocen.

–Quizás fui a la Fortaleza de Santa Teresa, con mis amigos. –Le mintió Natalio, pero como buen zorro, siguió conversando con Canela, tratando de hacerle creer que sería su amigo. Le contó que estaba de paso, buscando un sitio para pasar la noche.

Siguieron caminaron y al llegar a la granja de Úrsula, Canela lo invitó a su cucha 1 que era muy, muy grande.

Natalio aceptó muy feliz, ya que podría cometer sus fechorías.

Al dormirse Canela, el zorro fue hasta el gallinero y se robó todas las gallinas.

Por la mañana, los gritos de Úrsula despertaron a la Canela.

–¡Robaron todas las gallinas! ¡Canela!, seguro fue ese zorro vagabundo que trajiste a la casa. Los zorros son muy traicioneros, no sé cómo fue que te hiciste amiga de él. Ahora quiero que se marche, ¡y que no vuelva nunca más!

Canela miró para todos lados. Desesperada corrió hasta las sierras en busca de Natalio. Después de mucho recorrer, lo encontró debajo de un árbol.

–¡Natalio! ¿Qué hiciste con las gallinas? – le gritó Canela. –Te dejé dormir en mi cucha y, ¿me haces esto? Úrsula está muy enojada y me rezongó porque te deje pasar la noche en la granja. Además, dijo que los zorros siempre se comen las gallinas y no te quiere ver más aquí.

–¡Yo no he sido!, –lloriqueó Natalio. –En la noche me despertó el alboroto de las gallinas y cuando llegué al gallinero, estaba vacío, entonces salí a buscarlas por eso estoy aquí.

Canela que era muy inocente, le creyó, y lo llevó nuevamente a su cucha, sin que Úrsula se enterara.

Pero muy grande fue su sorpresa, cuando al día siguiente, la despertaron nuevamente los gritos de Úrsula, esta vez los conejos no estaban en sus jaulas.

Úrsula se apareció por la cucha de Canela, con un palo para castigar al zorro. Pero, otra vez, Natalio se había marchado.

Canela salió detrás de su dueña, que estaba furiosa. Al rato, lo encontraron dormido detrás de un ciruelo.

Úrsula lo movió con el palo y el zorro se sobresaltó. Cerrando los ojos, se agarró la cabeza mientras gritaba:

–¡Yo no hice nada! ¡No hice nada! Me quedé aquí porque tengo una pierna lastimada.

Úrsula le pidió que se fuera de su campo, pero a Canela le dio pena y lo llevó nuevamente a su cucha.

Esa noche fue tranquila. Al amanecer, todos los animales estaban en su lugar. Canela estaba contenta porque su amigo no le había mentido.

Sin embargo, a la noche siguiente, Natalio entró en el corral de los chanchos y se llevó a todos los recién nacidos.

Esta vez, Canela simuló estar dormida y salió a buscarlos antes que Natalio les hiciera algo malo.

Al llegar a las sierras, Canela no podía creer lo que estaba viendo, el zorro estaba cargando las gallinas, los conejos y los chanchos en un camión, mientras un hombre hablaba por un teléfono celular.

Cuando Natalio se dio cuenta que lo había descubierto, se mostró tal como era, gruñó con fiereza mostrando sus afilados dientes y la corrió. Canela no salía de su sorpresa; entonces, Natalio se le tiró encima y le mordió una oreja y una pata.

Canela salió llorando desconsolada porque su amigo le había mentido. Eso le dolía más que las mordeduras de Natalio. Realmente Úrsula tenía razón, era un zorro muy malo.

Llegó muy dolorida a la casa. Úrsula estaba más enojada que nunca, pero cuando vio lo lastimada que estaba, la curó y le dijo:

—Canela no siempre quien se acerca es tu amigo, debes de ser más cuidadosa porque podría haberte lastimado mucho más. Pero no te aflijas, ya hablé con los guardaparques y ya han atrapado al ladrón y al zorro y rescataron a todos los animales de la granja.

Canela suspiró aliviada al ver el camión del veterinario llegar con las gallinas, los conejos y los chanchitos.

Todo estaba bien en la granja de Úrsula, y Canela había aprendido a ser más cuidadosa a la hora de elegir a sus amigos.

Nelson G. Martínez Hernández
USA, 1954

EL POLLITO GUAPETON

A mi nieto Nelsitín por su fantástica imaginación.

I
Escuchen este relato
De un pollito guapetón
Que salió del cascarón
A fajarse con un gato
Dicen algunos que al rato
De liarse en la pelea
El gato huyo a la azotea
Y el pollito allí voló
Y un golpe le propinó
Como campeón que boxea.

II
El pollito muy esbelto
Se paseaba pecho erguido
Sin saberse perseguido
Por la lobita de Alberto
El jardín quedó entre abierto
Y el pollo desde su cuna
Volvió a probar su fortuna
Cuando se pudo librar
De la mordida mortal
De la lobita de luna

III
Pasados unos segundos
Del trauma de la mordida
Sin planificar partida

Se fue a conocer el mundo
Navegó en mares profundos
Con su barco de cartón
Luchó contra el tiburón
Se hizo amigo del delfín
Y añoraba su jardín
El pollito guapetón.

IV
Cuando por fin regresó
A su jardín nuevamente
El gatico lentamente
La portezuela le abrió
Luna un ladrido le dio
De alegría y sin recato
Se abrazaron un buen rato
Para no pelear jamás
Y convivieron en paz
Luna, el Pollito y el Gato.

María José Gil Benedicto
España, 1961

UN CUENTO QUE NUNCA SE ACABA

Había una vez un ratoncito
Que coleccionaba agujeros de quesito.
Un día desapareció en un agujerito.
Desde entonces, los otros ratoncitos
No se fían de las tapas de alcantarilla
Porque saben del rarito ratoncito
Que se perdió en el agujero de un quesito,
Y sus bigotes recelan
De las tapas que huelen y humean
En sus agujeritos, como los de un quesito,
Porque dicen que... (volver al principio)

Miguel Mosquera Paans
España

LA ESTRELLA DE PEPITA

En un país tan lejano como en los que casi siempre transcurren todos los cuentos, vivía una niña que se llamaba Pepita.

Pepita era tan bonita como una muñeca de porcelana: tenía unos preciosos ojos del color castaño, tan grandes como piruletas de chocolate. También tenía una sonrisa enorme adornada con unos dientes tan blancos, que muchas veces, cuando su profe la miraba, pensaba que se acababa de confundir, y que en lugar de mirarla a ella estaba viendo una enorme fresa llena de gigantescos granos de azúcar.

Pepita vivía en una casa de campo rodeada de un jardín lleno de césped y flores de colores. La ventana de su habitación miraba a un fabuloso manzano cargado de fruta, y detrás dormía en una casita de madera su caballo Lucas, un magnífico trotón de color blanco con manchas marrones.

Pepita también tenía un pequeño conejo suave y peludo, de largas orejas al que adoraba, llamado Orejón

Un día la niña decidió dar un paseo por los alrededores, y en compañía de su conejito montó en el caballo.

Antes de salir tomó una zanahoria de la cocina por si a la mascota le entraba hambre durante la excursión, de manera que los tres, felices y resueltos, se lanzaron a la caminata.

Lucas miró hasta donde la vista le alcanzó, proponiéndole a la niña que fueran hasta la línea donde la tierra y el cielo se juntaban.

Orejón dijo burlón que llegar sería imposible, pero en vista de que Pepita dudaba, el caballo decidió no detenerse hasta alcanzar aquel mágico lugar.

Lo cierto es que por más que avanzaban aquella línea siempre permanecía a la misma distancia, sin que por más que corrieran consiguieran acortarla, pero el problema era que sin darse cuenta, se habían alejado tanto que no sabían cómo volver a casa.

Como Pepita sabía que la Tierra es redonda pensó que si seguían caminando en línea recta en algún momento regresarían al punto de partida, por lo que continuaron avanzando mientras el día se iba apagando, y llegando la noche se encontraron en medio de un espeso bosque.

Orejón comenzó entonces a desesperarse: no habían comido nada en todo el día y tenían mucha hambre. Pepita se acordó de la zanahoria en el momento en el que Lucas también reclamó la cena.

La niña no sabía qué hacer ya que si le daba de comer al conejo, el caballo no tendría fuerzas para continuar el viaje de regreso a casa; pero si por el contrario alimentaba a Lucas, Orejón moriría de hambre.

Sin saber que hacer Pepita comenzó a sollozar confundida. Ya era noche, tenía frío, hambre, estaba perdida, y no sabiendo qué hacer rompió a llorar tan amargamente que se le apareció un hada madrina preguntándole qué le pasaba.

La pequeña explicó al hada su dilema quien, sin dudarlo, llamó a todos los enanitos del bosque para que encendiera su farol en el cielo, de manera que a Pepita le bastaría seguir el recorrido de las luces para poder regresar con Orejón y Lucas, sanos y salvos.

Y desde aquel día, para que nadie se pierda y todo el mundo pueda siempre regresar a casa, hay una luz en el firmamento para cada persona: hay una estrella que brilla por papá, otra por mamá, otra por el abuelito, otra para la abuelita, y por supuesto, también hay una para ti.

Y colorín colorado, este cuento se ha acabado.

Jorge De Jesús Buitrago Muñoz
Colombia, 1976

HISTORIA DE UN MANZANO

Era la cosecha más grande desde hacía mucho tiempo en el huerto de la hacienda La Esperanza, y el tiempo para la recolección se acercaba, por lo que todas las manzanas estaban felices, ya que serían seleccionadas de acuerdo a sus cualidades.

En una esquina del huerto y pendiendo de la rama del manzano más viejo, se encontraba una de las muchas que en el lugar había. Ésta era una manzana hermosa, de un color rojo carmesí que brillaba cuando el sol se ponía, ya que se encontraba en dirección oeste, cosa que le permitía un lugar privilegiado en los atardeceres del lugar.

–Já… Nadie puede ganarme en perfección –decía.

–Qué lástima que mi padre sea el manzano más viejo de este lugar. La vida no es justa. Yo que soy perfecta y tengo que estar en la rama de un árbol feo y acabado, mientras otras con menos atributos, en manzanos jóvenes y frondosos.

–¿No crees que ya está bien de decir esas cosas? Eres una manzana muy hermosa, de eso no hay duda, pero ten en cuenta que tu piel no durara siempre, además tus hermanas son igual que tú, muy bellas, y nunca se han referido así para conmigo –le reprochó en un momento su padre, el viejo manzano.

–Es cierto –comentaron dos de sus hermanas– Agradece que nuestro padre se esfuerza por recoger del suelo los mejores nutrientes y nos sostiene fuerte entre sus ramas…

–Yo solo sé que soy demasiado para estar colgando de una rama tan astillada y vieja. Ya verán como en el momento de la recolección yo seré la primera en ser cosechada –interrumpió la presumida.

Otra de sus hermanas iba a intervenir, pero una hoja del manzano se posó suavemente sobre su boca para impedírselo: su padre no quería discusiones.

Aquella tarde en el huerto todas estaban inquietas, perecía como si cantidad de secretos rondaran por todos lados: los cuchicheos, las risas bajas y las miradas de unas a otras se hacían cada vez más notorias. Sin embargo en el manzano más viejo, solo el murmullo leve de un de ellas se escuchaba.

–Ya pronto estaré lejos… ¿porque el sol no se oculta?… ya deseo que sea mañana –eran algunas de las palabras que se podían escuchar tenuemente.

El esperado día llegó, el sol salió radiante, los colores y aromas delicados de la mañana en el huerto enmarcaron la escena de recolección. Los humanos empezaron su obra entre las risas y algarabía de todas las manzanas. Claro los humanos no las escuchaban porque no conocen el idioma de las frutas, ni lo pueden escuchar, pero así era, todas se encontraban felices, trataban de mostrarse saliéndose un poco de las ramas para ubicarse en la mejor posición; la presumida no era la excepción: se estiraba y se ubicaba de frente al sol para que su brillante piel destellara; pero nada, ninguno de los recolectores miraba hacia donde se encontraba el viejo manzano.

–¡No puede ser…! Ves, viejo, decrépito, por ser cómo, eres los recolectores ni siquiera me tiene en cuenta. Cuánto odio tener que ser tu hija, nunca podré hacer mis sueños realidad por el simple hecho de estar pegada a ti –le gritó la manzana a su padre

–¿Es tu sueño que esos recolectores te lleven con ellos? – preguntó el árbol.

–Claro, es el sueño de toda manzana –respondió ésta.

–Bien… entonces tratare de que te puedan recolectar.

Seguido a esto, el viejo manzano se estiró tanto como pudo hasta alcanzar una de las ramas de su vecino más cercano, de esta manera su hija se mezclaría con las hojas del otro árbol y, efectivamente, la maniobra surtió el efecto esperado, permitiendo a la manzana ser recolectada junto con todas las demás. Ella trataba de ubicarse en la mejor forma y lo más visible posible para ser observada, sin embargo, pronto estuvo cubierta por el resto.

–Bueno no importa, pronto estaré fuera de este lugar –se dijo.

La noche llego y un nuevo día también, y con el nuevo día demasiado movimiento. De repente, ¡saz!, un estrujón en el canasto donde se encontraba, seguido se vio caer sobre una gran banda que se movía; la manzana nunca había visto cosa igual, máquinas inmensas que emitían extraños sonidos. Primero pasó a través de un chorro de agua que la despertó aún más, cosa que le permitió agudizar su oído para escuchar como adelante sus compañeras gritaban desesperadas. Pero esta vez no eran gritos de júbilo, esto la asustó un poco, sin embargo lo que la aterrorizó, fue ver cómo una horrible máquina las cortaba y despellejaba sin la más mínima compasión, y ella se estaba acercando a aquel horrible monstruo.

–¡Nooo…! ¡Auxilio, no quiero morir así! ¡Ya no quiero estar aquí! –gritó de desesperación.

Tras un fuerte movimiento logró salirse de la banda, se estrelló contra el piso y rodó a un rincón de la gran sala, allí estuvo largo rato escuchando los lamentos del resto; temblando de miedo lloro y por primera vez en su vida quiso estar pendiendo la rama de su padre.

La noche llegó y de nuevo el día. Entonces, la manzana observo cómo un humano se acercaba con un cesto, donde con sorpresa descubrió a sus hermanas. Dicho recipiente fue colocado sobre una mesa a unos cuantos metros del rincón donde ella se encontraba.

–¡Hermanas, hermanas! –gritó con todas sus fuerzas.

–¿Qué te ha pasado? –preguntaron asombradas sus hermanas al descubrirla sucia y mallugada en aquel frio rincón.

–¡A sido terrible…! Me transportaron entre empujones y sacudiones y luego pretendieron cortarme y despellejarme –les relató, y añadió– Pero… ¿ustedes cómo es que también están aquí?

–Pues te cuento –dijo una de ellas.– Al poco tiempo de que se fueron todos; un amable humano se acercó a mi padre, le tomo delicadamente sus ramas y le dijo en el idioma de los hombres (las manzanas si entienden nuestro idioma): "Definitivamente, viejo manzano, tu siempre me das lo mejor. Esta cosecha esta preciosa, tus manzanas siempre serán mis favoritas". Yo le pregunté a mi padre porque ese humano decía eso, a lo que él respondió:

–Observa a tu alrededor, ¿ves todos estos manzanos?

–Sí –contesté.

–Todos ellos alguna vez fueron una manzana, más exactamente, una de mis hijas, y ahora son hermosos y frondosos manzanos ya que mis hijas no son manzanas comunes, son las manzanas que continúan manteniendo este lugar, las otras son descuartizadas y hechas puré y sus semillas nunca darán fruto, mientras a ustedes les permitirán madurar de la forma natural y extraerán sus semillas para que continúen viviendo por muchos años más, convirtiéndose en esos jóvenes y frondosos manzanos que puedes ver.

Mientras la manzana de la canasta relataba esto, la presumida lloraba desconsolada.

–Que ciega fui, nunca me di cuenta que mi padre no era un árbol decrepito, más bien era el árbol de las mejores manzanas.

En esos momentos el humano tomó de nuevo la canasta, pero una de las frutas dentro de ella, se sacudió para posteriormente caer al suelo y rodar hasta donde estaba su hermana en el rincón. El humano al darse cuenta que una de sus preciadas manzanas había caído, se apresuró a recogerla y para su sorpresa encontró dos en vez de una. Las tomó, colocó de nuevo la que había perdido en la canasta y sé quedó observando por todos lados a la segunda.

—Es perfecta —señaló, luego la limpió suavemente y la depositó en la canasta.

—Gracias hermana querida, gracias por permitir que me vieran —dijo la manzana.

—Es lo menos que podía hacer después de observar llorar a nuestro padre cuando decidiste ser recolectada con las otras —contestó la que se había tirado de la canasta.

—Él está convencido que tú corriste la misma suerte que las demás. Sin embargo, y entre su llanto dijo: "cada quien se busca su suerte".

Después de eso, todo fue solamente buenos tratos para aquella, que ya no era presumida, y sus hermanas. Maduraron, su piel se deterioró por completo pero ella estaba feliz; por último solo quedaron semillas, semillas que fueron plantadas, y cuando ya no fue una manzana sino un manzano le trasladaron al huerto; fue plantada muy cerca a su padre, y cuando lo vio, se apresuró a pedirle perdón. El viejo manzano inicialmente no le reconoció, (claro ya no era una manzana) pero, cuando por fin lo hizo, la abrazó con sus ramas y dio gracias a Dios por permitir que su hija regresara como todas las demás. Por último, el viejo manzano alzó la voz para decir:

—Lo realmente importante de una manzana no es ser la más hermosa, lo más importante es tener las mejores semillas.

Maria Luisa Agost Suarez
España, 1966

LA COMETA AVENTURERA

En la fábrica de cometas se estaba construyendo una muy especial. Estaba salpicada por todos los colores del arco iris y tenía el brillo de una estrella en la noche.

Un día Jordi acudió con su papá a la juguetería del barrio. Había infinidad de cometas, cientos de ellas. Era Pascuas, el tiempo propicio para hacer las volar.

El papá de Jordi le invitó a elegir una de ellas.

–Quiero esa –dijo Jordi señalando a nuestra amiga la cometa.

–¿No te gusta esta otra? –preguntó el papá de Jordi– Es más grande, más consistente y más cara. Probablemente sea mejor

–No papá, yo quiero que mi cometa sea ésta

–No se hable más, te la compro. Ese será tu regalo de cumpleaños.

Por la tarde Jordi se acercó a la playa. Era un día con viento, y lanzó la cometa a volar. Le costó dominarla. Iba con su hermana Irene y se divirtieron mucho. Corrieron, se tumbaron en el suelo. La lanzaron en numerosas ocasiones. La cometa brillaba en el cielo como la estrella más bonita de todas. Parecía que tenía vida propia, parecía que les miraba y les sonreía.

Pasaron todas las tardes de primavera. Transcurría la vida sin novedad. Jordi y su amiga hacían un equipo estupendo. Lo pasaban genial juntos.

Un buen día la cometa se cansó, estaba harta de hacer siempre lo mismo. Volar, ir por donde Jordi determinaba, siempre a la playa. Decidió que quería cambiar de vida.

Había un hechicero en el cielo, que era el único que podía cumplir su deseo. Tenía fama de ser muy malo. A él acudiría, aunque no tenía muy buena fama. Se decía que era muy poderoso y concedía todo lo que querían a los pájaros y todos los elementos que surcaban los cielos, pero el precio que había que pagar a cambio era excesivamente alto.

Pidió cita, fue a hablar con él

Estaba sentado majestuoso, en una nube tan negra que apenas se veía, escondida, en la espesura del cielo.

—Hechicero, desearía que me ayudaras a conseguir mi más preciado deseo.

—¿Cuál es? Cuéntame.

—Ser libre como el viento. Deseo volar, sin nadie que me dirija. Conocer lugares, naciones, ir por donde yo determine. Volar cuando desee y parar cuando yo lo decida.

—¿Sabes que me tienes que pagar un precio?

—Haré lo que sea, estoy dispuesto a todo.

—Durante quince años no te puedes acercar a un niño, conocerás lugares preciosos, pero deberás estar en la soledad más absoluta. No podrás dejar que te cojan y jueguen contigo. No podrás observar sus risas ni cómo se divierten.

—No hay problema, estoy cansado de que me manejen y me digan lo que tengo que hacer y por dónde tengo que ir. No lo echaré de menos.

—Trato hecho, dijo el hechicero.

Y le dio poder para volar libremente.

El primer año, la cometa disfrutó como nunca lo había hecho. Fue a Groenlandia, observó los glaciares, atravesó el océano Atlántico, a África, a China, Rusia, India. Conoció todo tipo de vientos. Observó la riqueza del cielo. Todas las especies de aves e instrumentos que surcan el cielo. Era feliz pero, día a día, notaba que le faltaba algo.

En España vio unos niños que se estaban divirtiendo jugando entre ellos al fútbol. Estaban imitando a los jugadores que habían ganado el mundial de África. Observó su alegría cuando marcaban un gol, los nervios cuando decidían cuando marcaban un córner, los enfados con las faltas mal pitadas. Los gritos, y las expresiones de los amigos y familiares en las gradas. Y los abrazos cuando terminó el partido, las lágrimas de emoción y las felicitaciones.

Tuvo un arrebato de acercarse a ellos, invitarles a que le cogieran y le dejasen surcar los cielos. Como había volado tanto tiempo libremente, había aprendido a hacer muchas piruetas y más acrobacias. Seguro que alucinarían con las cosas que ellos desconocían que era capaz de hacer una cometa. Ni siquiera repararon en que surcaba libremente los cielos, apenas la miraron.

–Ya no me quiere nadie, se han olvidado de mí –pensó.

Por un instante su corazón se hizo pequeño del tamaño de un garbanzo. Sintió que le faltaba la respiración. Se acordó de Jordi, de su pelo anaranjado, de su cara cubierta de pecas, de sus carcajadas cuando tropezaba en la playa, de su boca desdentada y sintió que estaba incompleta. Había conocido muchos países, era la cometa más lista del mundo entero. Probablemente en un circo la contratarían y sería la estrella. Se dio cuenta de que nada de eso merecía la pena, comparado con la sonrisa de Jordi y los buenos momentos compartidos

Voló de nuevo, atravesó dos continentes. Eso estaba chupadísimo para ella. Fue a hablar de nuevo con el hechicero de los cielos.

Este seguía oculto en su nube negra y espesa oculta en lo más recóndito del cielo ¿No se agobiará de vivir siempre en la oscuridad? Da miedo, pensó la cometa.

Habló sin rodeos de algo que había descubierto hacía poco tiempo

–Quiero volver a lo de antes, estar con Jordi. Que me dirija de nuevo. Cumplir la misión para la que fui creada, hacer felices a los niños y ser conducida por ellos. Ya estoy cansada de ver el mundo. Le echo mucho de menos, daría lo que fuera por hacerle reír de nuevo –suplicó.

–Pues ahora te fastidias –dijo frunciendo la frente y acariciándose la barba blanca el hechicero de los cielos– Hicimos un pacto, ¿te acuerdas? Quince años. Haberlo pensado antes.

Habían pasado cinco años. La cometa se sintió muy mal. El hechicero no quería pactar y tenía razón en lo que le había dicho. Debía asumir las consecuencias de sus decisiones erróneas.

Al principio se sintió descorazonada. Decidió aprovechar el tiempo. Aprender muchísimas más acrobacias para enseñárselas a Jordi cuando volviera a encontrarlo. Tenía miedo porque quizá fuera un hombre, quizá se hubiera olvidado de su maravillosa cometa y la tirara a la basura. Había pasado mucho tiempo, había envejecido. Sus colores no eran tan vivos, ni tan brillantes y había sufrido las inclemencias meteorológicas del mundo entero. No tenía nada que perder, se tenía que arriesgar, quizá no la arrojase a la basura. Decidió que debía tener un poquito de esperanza.

Pasado el tiempo estipulado, Jordi estaba un día paseando con un niño pequeño por la playa y vio un objeto medio enterrado en la arena. Con mucho cuidado la limpió. Se quedó muy sorprendido al ver que era la cometa que le regaló su padre. ¿Cómo había podido perderla en la playa de siempre y no haberse dado cuenta? Estuvo en ese sitio en infinidad de ocasiones, y revisó la zona durante meses enteros ¿cómo pudo no verla?

—Está vieja, que pena, está para tirar —pensó y sintió lástima de ella.

Pero se acordó de repente que sólo era una cometa. Ya era mayor para dar el corazón a los objetos inanimados.

—Papá, vuélala. Luego, si quieres, la arrojas a la basura —suplicó el niño

Y Jordi hizo como siempre. Se le formó un nudo en la garganta y recordó la soledad de las tardes en la playa. Lo mucho que había añorado a su antigua compañera de juegos.

Al volarla, vieron que llegaba muy alto pero no se alejaba del todo, parecía que se volvía más brillante, los colores se tornaron de nuevo en colores vivos. Como si un pintor la hubiese restaurado. Hizo cosas sorprendentes que ninguna cometa del mundo era capaz de hacer. Parecía que tenía viva propia y que quería darles un espectáculo impresionante.

Estuvieron toda la tarde jugando. Cuando se dieron la cuenta, eran las nueve de la noche.

—Papá, quiero que esta sea mi cometa. Me da igual que esté un poco usada. No quiero que me compres otra. Y quiero venir todas las tardes a la playa a jugar con ella. Por favor, papá…

—Bueno, es tu cometa, es tu decisión. No es la más bonita, pero lo importante es que te haga feliz.

La cometa se alegró de veras. A medida que transcurrían las tardes y volaba de nuevo, rejuvenecía y se tornaba más colorida y más brillante. Le cambió el semblante completamente. Era feliz, no se podía pedir más. Tenía una oportunidad de nuevo para cumplir la misión para la que fue creada. Hacer felices a los niños, y disfrutar de sus juegos y sus sonrisas.

Abel Adrián Castro Sablón
Cuba, 1989

DE POR QUÉ EL CHIPOJO BESA LA TIERRA

El chipojo estaba ya muy aburrido de tanto arrastrarse y arrastrarse por el camino, y de sacar y esconder su garganta roja bajo la sombra de los árboles; su cuerpo alargado y desprovisto de patas no le daba para más. Un día se cansó de aquello y decidió conseguirse unas patas, para poder trepar a los árboles y le fuera más fácil perseguir moscas y mosquitos.

Entonces fue a ver a su primo el majá para preguntarle dónde podía conseguirse aunque fuera un par, porque se decía que hacía mucho tiempo él las había tenido y las había perdido.

—¿Así que quieres tener patas? —le dijo el majá.

—Pues sí y sé que una vez tú las tuviste, así que dime cómo puedo hacer para conseguirme algunas.

—Solo Oloffi puede dártelas, pero ten cuidado con él, que es muy peligroso. Fue quien me quitó las mías.

—Y, ¿dónde puedo verlo?

—En lo profundo del monte tiene su cueva; ahí podrás encontrarlo. Pero recuerda: ten cuidado.

El chipojo le dio las gracias a su primo y se marchó contento al monte en busca de Oloffi. Se arrastró y se arrastró un buen rato hasta llegar a la entrada de una enorme cueva. "Esta debe de ser, pensó.

—¡Oloffiiii! —gritó.

Una voz grave le contestó:

—¿Quién se atreve a interrumpir mi sueño?

—Fui yo y te pido perdón por eso.

—¿Qué quieres? —preguntó el Padre de Todos los Dioses, agresivo.

—Solo vine a verte porque quiero unas patas para poder subir a los árboles y perseguir insectos —contestó el chipojo.

—¿Y qué razón tendría yo para concederte eso? Tendría que recibir algo a cambio.

—Lo que sea, pide lo que sea —suplicó el chipojo.

—Está bien, te daré lo que quieres a cambio de algo: tendrás que besar la tierra todos los días, sin falta, al mediodía.

—¿Solo eso? —preguntó incrédulo el chipojo.

—Solo eso.

—Está bien, acepto el trato.

Oloffi pronunció unas palabras que le sonaron extrañas al animalito. Levantó un poco la voz y un destello de luz envolvió al pequeño reptil. El dios hizo silencio y el haz de luz fue desapareciendo poco a poco, dejando ver cuatro patas pegadas al cuerpo del animal.

—¡Maravilloso! —gritó entusiasmado el chipojo, que salió corriendo para estrenar sus patas nuevas.

La voz de trueno de Oloffi lo detuvo en seco:

—Recuerda el trato. Si no lo cumples, lo pagarás.

—No lo olvidaré —dijo el chipojo y salió feliz por todo el monte a juguetear con sus patas recién adquiridas.

Después de caminar mucho encontró una caoba hermosa y decidió treparse a ella. Cuando estuvo encima, buscó la rama más frondosa y se acostó para deleitarse con la vista. Ver las cosas desde abajo lo hacía sentirse minúsculo. Sin embargo, desde arriba se sentía enorme, poderoso. Tanto fue su embeleso que el tiempo se fue como agua de catarata y se olvidó de que había llegado el mediodía. De pronto sintió que algo lo alzaba por la cola.

—Pero, ¿qué pasa? —gritó.

—Has olvidado el trato —sintió decir detrás de él.

El chipojo reconoció la voz de Oloffi.

—Lo siento, no fue a propósito. Es que me entretuve contemplando el bosque.

—¡¡¡Un trato es un trato y tú faltaste a tu palabra!!! —dijo Oloffi, enfurecido.

El dios tenía al chipojo suspendido en el aire por la cola, pero este no podía verlo porque era invisible. El Padre de Todos los Dioses sacudió con fuerza al chipojo y lo hizo girar varias veces hasta que su cola se desprendió de su cuerpo y lo hizo caer aparatosamente. El pequeño reptil gritó porque pensó que la altura lo mataría. Su cuerpo impactó sin piedad el suelo, pero no murió, porque su piel era muy dura y resistió el golpe.

—Ahora, ¡besa le tierra! —gritó Oloffi.

El chipojo, con mucho miedo, lo obedeció y la promesa estuvo cumplida. El dios le devolvió su cola y la restauró a su cuerpo. Desde entonces, todos los días sin falta, al mediodía, los chipojos bajan y besan la tierra, porque no quieren que Oloffi los arroje desde la altura y les arranque la cola, y es por eso que cuando la pierden, la recuperan al poco tiempo.

Elaine Vilar Madruga
Cuba, 1989

LOS TATARA-TATARA

Mi tátara-tatara bisabuelo cumplió años esta mañana.

Mi abuelo lo ayudó a soplar un cake enorme cubierto con trescientas dos velitas.

Eso puede parecerle extraordinario a cualquiera que no sea miembro de mi familia. O a alguien que no sea yo mismo, el más joven sucesor del clan Dugo.

Al principio, ni siquiera mis mejores amigos me creían:

–Eres un mentiroso, Carlitos –me susurró Ania, la niña preciosa con pecas en la nariz y ojos verdes que se sienta a mi lado en las clases de matemática, la que siempre me presta la goma y me ayuda con las faltas de ortografía.– Los inmortales existen solo en las películas de superhéroes, y que yo sepa tú estás muy flaquito para ser Batman.

–Pero es verdad –contesté, haciendo un enorme esfuerzo para no disgustarme con las pecas de Ania.

–Además –como si aquello fuera poco, Julio, mi segundo mejor amigo había decidido también ponerse en mi contra–, no es lógico que alguien viva más de un siglo, y eso, con mucha suerte. Por ejemplo, mi abuelo tiene setenta años y ya padece de catarro, dolor de cabeza crónico, adicción al café, gastritis, y…

–Mira, chico –lo interrumpí bastante molesto porque, si tus únicos amigos en toda la escuela han decidido no creerte, ¿quién lo va a hacer?–, eso será en tu familia. En la mía, todo es muy distinto.

–¿Distinto cómo? –preguntó Ania.

–El tiempo no camina igual para nosotros –respondí.– Uno de mis tatara–tatara va a cumplir dentro de una semana trescientos dos años, y le vamos a celebrar una fiesta por todo lo alto, con velitas y hasta piñata. Así que los invito…

Y ellos aceptaron, quizás por curiosidad, quizás como una apuesta… quién sabe.

Llegaron a mi casa bien temprano y fue mi tarata-abuela quién los recibió con un pedazo de cake y un refresco de naranja bien frío.

Mi tátara-abuela, Ramona Dugo, fue una bailarina famosa hace muchos años, y todavía se empeña en caminar en puntillas de pies por toda la casa. Así la conocieron mis amigos, con delantal a la cintura, con dos platos de dulce y haciendo fuettés y extensiones cada tres pasos.

Mi familia no solo es especial por el asunto de la inmortalidad, sino también porque son las más curiosas criaturas de este mundo. En cuanto mi tátara-abuela Ramona Dugo les dijo a los otros que mis dos mejores amigos estaban en la sala, un desfile de viejitos fue a saludarlos y a conocerlos.

Cuando toda tu familia se empeña en recibir a tus dos mejores amigos, lo mejor que puedes hacer es retirarte a un rincón en silencio y dejar que pase la tormenta.

Y allá fueron mis tátara-tatara:

Mi tátara-tío, Gustavo Dugo, piloto y explorador de tierras lejanas les alcanzó a Ania y a Julio caramelos de la piñata y, de paso, les enseñó sus tres monos disecados y la foca que guarda dentro de la nevera como recuerdo de su último viaje.

Mi tátara-tatara abuela, Mirtha Dugo, les mostró su álbum de pintores flamencos y les tejió a mis amigos un par de medias a croché.

Mi bisabuela, la pianista sorda, tocó para ellos cinco contradanzas de Saumell que el famoso compositor le había dedicado con estas palabras: A María Martha Dugo, con todo cariño y afecto, de Manuel.

Mi tátara-tatara-tatara abuelo, Rodrigo de las Cabezas Dugo, les trajo el casco de acero que había usado en la conquista de Cuba, y les habló en castellano antiguo por más o menos treinta minutos sin que mis amigos entendieran una sola palabra.

El desfile de los tátara,tatara duró al menos una hora más.

Todos querían conocer las pecas de Ania y los espejuelos de Julio.

Todos querían llevarles dulce, y refrescos, y galleticas, y helados y contarles esas cosas tan raras para las personas que no llevan el apellido Dugo.

Así que intervine como Batman antes de que volvieran locos a mis amigos con tanta información, y los rescaté de aquella manada de viejitos conversadores.

—Les dije… – murmuré.– Pero no quisieron creerme.

—¿Y tú también eres inmortal? –me preguntó Ania, con una sonrisa dudosa.

—Eso creo… —respondí.— Todos los Dugo somos así.

—¿Y por qué? —inquirió Julio, que siempre quiere saberlo todo, aun cuando sea algo tan improbable como conocer el origen de la inmortalidad.

—No sé —fue mi respuesta, y dije aquello porque en realidad NUNCA HE SABIDO por qué los Dugo somos inmortales, ni desde cuándo, ni cómo.

Ania y Julio me miraron con ojos enormes, como si no entendieran ni una palabra de lo que les decía. La verdad es que a veces es un poco incómodo formar parte de mi familia. La gente normal nos llaman "los viejos raros", y los pocos niños que conozco siempre se asustan cuando les digo que soy tan inmortal como mis tátara-tatara.

—Bueno, ya saben todo sobre mí… —les dije, con un suspiro que no sé si era de alivio o de tristeza.— Ahora, si quieren, pueden dejar de ser mis amigos.

Fue entonces que Ania se rió. Cuando miré su rostro, cada una de sus pecas estaba iluminada.

—No seas bobo, muchacho… —me dijo Julio.— Después de todo, tu familia no es tan extraña.

—¿Ah, no? —lo último que necesitaba era que me consolaran como a un tonto.

—Por ejemplo —prosiguió—, en la mía cada dos generaciones nace un hombre invisible. A mi mamá le da mucha risa cada vez que no logra encontrar a mi hermano, y mi abuelo anda por la casa sin que nadie lo sepa, a menos que se ponga los espejuelos o tome café. Y mi papá, de vez en cuando, se pone un poco transparente, sobre todo cuando está en la ducha —Julio carraspeó, y luego agregó con su mejor aire de filósofo:— Eso es una cuestión de genes, Carlitos. Ge-né-ti-ca. Genética, viejo.

Me tocó mi turno de reír como un loco. Una cosa es convivir con todos tus tátara-tatara, y otra que mejor amigo te diga que forma parte de la familia del hombre invisible.

—Y yo —Ania interrumpió mi risa con sus ojos verdes— vivo con mi mamá y mis dos hermanas mayores, que tienen unas alas preciosas y vuelan todo el día de un lado al otro de la casa. Vaya, si no me crees —al parecer mi mirada era sospechosa—, te puedo enseñar mis alas.

—Deja, deja… Te creo…

La conversación no fue más lejos porque ya era hora de picar el cake de mi tátara-tatara-bisabuelo y cantar aquello de "muchos años de paz y alegría".

Pero ahora, mientras me como el dulce, estoy pensando en lo que me dijeron Ania y Julio.

A él no lo veo cambiar de color, ni desaparecer en el aire, ni siquiera está un poquito más transparente que hace diez minutos.

Pero a Ania, cada vez que me sonríe, se le levanta un poco la blusa en la espalda, como si algo se moviera, y casi puedo jurar que vi la puntica asomada de un ala verde tan linda como sus ojos.

Isbel González González
Cuba, 1976

ANIMALES EXTRAÑOS

El monito araña era el que más se impacientaba. "Papá, cuándo vienen", preguntaba. El padre volvía a repetirle que eran animales de hábitos muy estrictos, que siempre llegaban a la misma hora, en manadas.

"Ya están aquí", gritó un leoncito, y fue a sentarse con sus hermanos lo más cómodo posible para ver el espectáculo. La madre leona escogió las mejores postas y le repartió un pedazo a cada hijo, después se acomodó en las primeras filas, bien pegada a los barrotes. Todos comenzaron a festejar a su forma la apertura del zoológico. Unos graznaban, otros rugían, piaban, las jicoteas sacaban sus cabezas del estanque, pero apenas lograban divisar la primera estampida de los hombres.

Un elefante muy viejo, al que ya nada le asombraba, se divertía mirando la cara de admiración de la lechuza.

—¿Qué, primera vez que estás en un zoológico?

—Sí, respondió la lechuza.

—Pues yo ya he estado en otros.

—Entonces has visto a muchos hombres.

—Uh, cantidad, al principio me asombraban, además, me parecían todos iguales, pero después fui aprendiendo a diferenciarlos, por los rasgos, por los sonidos que emiten y hasta por las costumbres.

—Pues yo llevo una semana aquí y todavía me impresionan, es que son tan feos, y además mudan de piel todos los días, ¿son agresivos?

—En su estado salvaje son muy peligrosos, cuando yo era joven recuerdo que nos atacaban, creo que para comerse nuestras pieles y colmillos, pero aquí en el zoológico están amaestrados, además de que las jaulas nos protegen de sus ataques.

"Corre potrico, mira, están amamantando a un hombrecito", gritaba el caballo a su hijo. "A los cachorros de los hombres se les llama niños", aclaró un lobo. "Y a las hembras adultas cómo le dicen", preguntó el caballo. "Mujeres", explicó el elefante para demostrar que era un conocedor de la especie.

Aquellos que estaban por primera vez un zoológico se quedaban maravillados con los hombres, se pegaban bien a las rejas para verlos pasar. Sin embargo los de más experiencia afirmaban que aquellos bípedos blancuzcos eran unos animales muy aburridos y torpes.

Un mandril les tiraba pedazos de comida, pero al parecer los hombres no eran muy inteligentes o no comían ese tipo de alimento pues no lo recogían.

–¿Qué comerán estos bichos? –preguntó el mandril.

–Ellos comen casi todo, creo incluso que son hasta caníbales, pues acostumbran a cazarse entre ellos –sentenció el viejo paquidermo que se había erigido como especialista en el tema.

Un león que era bastante insoportable se entretenía espantando a aquellas pobres criaturas cuando se acercaban a los barrotes. Los hombres huían asustados cuando el león se lanzaba contra la jaula, pero sólo las hienas le reían la gracia. Una tortuga tan vieja como sabia sentía una lástima enorme por los hombres.

–Son tan dóciles –decía–, que cada mañana vienen puntualmente para que los veamos, es una lástima que estén en peligro de extinción.

–¿En peligro de extinción? –preguntó la lechuza que quería saberlo todo.

–¿Pero ustedes no lo saben? Padecen de una enfermedad crónica que se llama raciocinio, que hace que vayan degenerando cada vez más aceleradamente.

–¿Raciocinio?, suena a algo grave –dijo la lechuza.

–Bueno, fíjate si es grave que su caza está vedada, han creado unos reservorios llamados ciudades para evitar que los cacen.

–Sí, yo las conozco –dijo un gorrión que escuchaba desde un árbol y afirmaba vivir en esas ciudades.

Así iba trascurriendo el día en el zoológico. Los padres con sus hijos queriendo saberlo todo, atentos a cada gesto de los hombres, que corrían, se posaban sobre un banco o comían unos alimentos extraños que ninguno, incluso ni el elefante, logró descifrar qué tipo de bicho o de planta eran. Hasta que el sol se fue poniendo y, como los hombres son animales de hábitos diurnos, según dijo el elefante, se fueron todos a dormir y los habitantes del zoológico tuvieron que contentarse con esperar pacientemente al próximo día para seguir divirtiéndose con aquellos extraños animales.

Mildre Hernández
Cuba, 1972

LAS VACAS VUELAN

—Mamá… ¿Las vacas vuelan? —preguntó el niño, mirando por la ventana.

—Claro que no, mi amor. Eso solo sucede en los cuentos.

—¿Y qué es aquello?—volvió a preguntar, señalando al cielo.

—¿Aquello?.. .Aquello es… un papalote.

—¿Un papalote con cuatro patas?

La madre miró atentamente al papalote.

—No le veo patas. Es cuadrado. Es un papalote.

El niño no quedó muy convencido y fue hasta donde estaba su papá.

—Papá… ¿las vacas vuelan?

—Claro que no. Eso solo pasa en los cuentos.

—¿Y qué es aquello?

—Aquello es… un globo.

—¿Los globos tienen rabo?

El padre miró atentamente al globo.

—No le veo rabo. Es redondo. Es un globo.

El niño se quedó confundido. Esa noche no durmió, pensando en la vaca, en el papalote y en el globo. El veía una vaca, pero sus padres no. Y sus padres nunca le habían mentido.

Al otro día llegó a la escuela. Miró por la ventana y vio la misma vaca, volando. Cuando sonó el timbre del receso, se quedó sentado donde mismo, entretenido, mirando su vaca.

La maestra fue hasta él.

—¿Qué miras por la ventana?

—Una vaca.

—¿Dónde? —preguntó asustada, buscando en el patio de la escuela.

—¡Allá arriba! —exclamó el niño.

—No, mi amor, las vacas no vuelan, solo en los cuentos. Eso es un avión de pasajeros.

—¿Un avión con esos cuernos tan largos?

La maestra miró al avión de pasajeros.

—No son cuernos. Eso que ves son las alas. De lo contrario no podría volar.

El niño salió de la escuela muy desanimado. No tenía deseos de llegar a casa. A medida que caminaba veía la misma vaca que lo seguía desde arriba.

Los adultos lo tenían contrariado. El veía una vaca pinta, gorda y muy simpática, que volaba como un papalote, como un globo y como un avión de pasajeros. Pero según todos, eso nada más ocurría en los cuentos. El niño quiso saber si era que él y su vaca vivían en un cuento, pero temió preguntar.

Cuando miró al cielo se dio cuenta de que la vaca iba bajando despacio. Entonces corrió para ver dónde aterrizaba. Y la vaca lo hizo en una llanura verde. Bajó despacio y comenzó a comer hierba. El niño se acercó y la miró detenidamente.

—¿Vuelas?

—A veces —contestó la vaca.

El niño se alegró tanto que la abrazó con todas sus fuerzas.

—¡Qué bueno! ¡Sabía que eras de verdad! —suspiró calmado.

Ella mugió tranquila. Luego puso, suavemente, uno de sus cascos sobre la cabeza del niño. Era gorda y se cansaba mucho, porque los cuentos de donde venía le quedaban cada vez más lejos.

Luciano Mario Hernández Dufou
Argentina, 1980

EL TITIRITERO

El viejo Pedro es un hombre rico, a su manera. Él dice que puede recorrer sus tierras libremente y que para ir de un extremo al otro podría tardarse muchos meses, o quizá años.

Anda por los caminos de pueblo en pueblo a bordo de una carreta de madera y hierro, tirada por un caballo joven y fuerte que se llama Viento.

Nunca le dice: "¡Arre Viento!". Tampoco le dice "¡A toda velocidad, Viento!". De hecho, el viejo Pedro nunca le grita a su caballo. Cuando prepara su carreta para el viaje y se sube al asiento delantero, sólo toma suavemente las riendas y susurra: "Cuando quieras, amigo" y chasquea dos o tres veces con la lengua.

Entonces el poderoso Viento comienza a caminar, con paso firme, llevando al viejo Pedro y a sus títeres hasta el siguiente pueblo en el camino. Ah, porque el viejo Pedro es titiritero, ¿no lo había dicho?

Tiene montones de títeres y con ellos brinda grandes funciones en las plazas. El caballero Rodolfo, Salim el Sultán, Teo el pescador, Berenice la princesa, Crisólogo el guitarrista y Lucas el mercader. También tiene muchos títeres que son animales y algunos que siempre hacen de malos, pero en el fondo son muy buenos.

Luego de cada función, Pedro recibe muchos aplausos y un gran puñado de monedas, con las que compra todo lo que necesita.

Además, y por sobre todas las cosas, el viejo Pedro sabe muchas historias, que aprendió a lo largo de su vida. Con ayuda de sus títeres, Pedro le cuenta a los niños sobre dos amigos que nunca se traicionan; sobre un caballero que amaba tanto a una princesa que recorrió medio mundo por ella; y también sobre un pícaro mercader que es muy bueno con las matemáticas y siempre sale ganando en sus negocios.

Una vez, andando por la provincia de Buenos Aires, el viejo Pedro llegó a una plaza muy grande junto a la cual había una iglesia. En la puerta de la iglesia estaban muchas personas esperando al novio y a la novia para arrojarles arroz, pues acababan de casarse.

–Esto es muy bueno para mí –se dijo el titiritero.– Cuando todos se vayan podré recoger el arroz que hayan tirado y luego cocinarlo en mi pequeña olla. Con uno o dos puñados será suficiente para mí, y ya no tendré que gastar mis monedas de hoy para comer.

Entonces se dispuso a esperar muy contento, masticando un trébol por el tallo y dándole un manojo al caballo. De pronto los recién casados salieron de la iglesia con grandes sonrisas de felicidad. Una lluvia de arroz cayó sobre ellos. Todo fue alegría hasta que la pareja quiso subirse a su automóvil, adornado con un moño blanco. Un perro flaco y pulgoso apareció entre la gente y mordió el blanco vestido de la novia, arrancándole un pedazo.

–¡Perro feo!

–¡Perro malo!

–¡Perro salvaje y pulguiento! –gritó la muchedumbre, mientras la novia daba alaridos.

Quisieron darle de patadas pero el animalito asustado logró escabullirse y corrió hacia la plaza. Sin pensarlo dos veces, se cobijó debajo de la carreta de Pedro y allí se quedó temblando con el trozo de tela blanca aún entre los dientes.

–¿Es suyo ese perro, señor? –le preguntaron los furiosos asistentes a la boda.

–Lo es a partir de ahora –respondió tranquilamente el titiritero.

–Mordió el vestido de la novia. Lo arruinó completamente. Ella está muy asustada –lo acusaron.

El anciano esperó unos segundos y luego dijo.

–El casamiento ya terminó y ella pudo ir al altar con su belleza inmaculada. El vestido cumplió su cometido. Sólo que ahora tendrán una historia divertida para contar cuando, dentro de muchos años, la gente pregunte por su casamiento.

Algunos sonrieron. La muchedumbre se calmó y poco a poco abandonaron el lugar. El viejo Pedro cruzó la calle y recogió con mucho cuidado todo el arroz que habían tirado.

Aquella tarde dio una función maravillosa y la dedicó especialmente a la felicidad de los recién casados. Los títeres brillaron en sus manos. La bolsa de tela que colgaba a un lado de la carreta se llenó de monedas brillantes. Muchos niños y sus padres se acercaron para saludar al titiritero de los caminos.

Más tarde el anciano se quedó solo y guardó sus objetos en el interior de la carreta. Allí abajo aún estaba el pequeño perro, muy asustado.

—Así que ahí estás todavía —dijo el anciano cuando lo vio.— Pero si no eres más que un cachorrito. Sólo querías jugar, ¿verdad?

Los ojos del perrito brillaron y movió la cola.

—Te llamarás Mantícora. Ven Mantícora, ven cachorro. Te diré lo que haremos: aquí arriba en mi carreta tengo medio barril para cocinar y mucha leña para hacer fuego. Cocinaré el arroz y ambos comeremos. Con esta bolsa de monedas mañana buscaremos al veterinario del pueblo y te quitaremos la bichera que traes. ¿Qué te parece?

El viejo Pedro tiene una carreta y muchos títeres. Tiene una bolsa de arroz y una de monedas. Además conoce más de mil historias y tiene dos amigos: Viento, el caballo y Mantícora, el perro lleno de pulgas.

¿No es rico, como dije, el viejo Pedro?

Manuel L. Sánchez Montero
España, 1977

FÁBULA DE PICOS

Pol era un pájaro de pico largo. Era el menor de muchos hermanos, había nacido en verano y no conocía todavía el invierno.

Todos los años la familia de Pol y los miembros de la bandada de picos largos viajaban al Sur cuando terminaba el otoño.

Pol estaba impaciente por salir de viaje ya que le habían contado que en el Sur había mucho alimento, ríos y charcos para bañarse y los días eran tan largos que te cansabas de tanto jugar. Pero también oía decir a los mayores que en el Sur vivían los picos cortos, unos pájaros muy avariciosos que se quedaban para ellos el grano que había nacido.

Después de las primeras lluvias del otoño el Gran Pico Largo decidió que era hora de partir.

A Pol le resultó muy duro volar durante tanto tiempo, sus alas todavía eran pequeñas y no eran tan fuertes como las de sus mayores.

Justamente tres semanas después llegaron a su destino.

–¿Esto es el Sur? –preguntó Pol a su padre. A Pol no le parecía muy distinto de los paisajes por donde habían pasado.

Poco a poco las madres fueron haciendo nuevos nidos. Los padres formaron una gran fila cuando llegaron a los campos de cultivo. Allí no estaban los picos cortos, así que de inmediato se pusieron a sacar el grano de las plantas.

Se oían muchos gritos de dolor ya que al tener el pico tan largo, muchos se hacían daño al coger las semillas, incluso había algunos con el pico roto.

Pol estaba aburrido por no poder hacer nada útil. Se fue a jugar a un río que había cerca, le encantaba el agua.

Cuando llegó al río encontró a los pájaros pico corto. Muchos de ellos chapoteaban sin sentido y algunos incluso se agarraban entre ellos con una cuerda.

Pol se dio la vuelta para volver con su bandada pero de pronto se encontró con un pequeño pico corto,

145

–¡No os llevéis nuestro pescado! –le grito el polluelo.

Pol muy sorprendido le explicó que no quería su pescado. Habían venido a por el grano que los picos cortos no compartían.

–Nosotros si compartimos el grano con los picos largos, pero no queremos que nos quitéis nuestros peces –se lamentaba el pequeño pico corto.

–Pero ni siquiera sabéis nadar, ¿cómo vais a conseguir peces? –le contestó Pol– Además, nosotros nos alimentamos en nuestro hogar de peces en primavera y verano y cuando emigramos ya no nos apetece pescado.

–Pues es una gran noticia, porque nos cuesta mucho pescar peces –le contestó el polluelo pico corto.

–Yo te puedo enseñar a nadar y a pescar, me encanta el agua –le decía Pol saltando de alegría.

–Y yo puedo darte tanto grano que... ¡parecerás un pájaro globo! Jajaja.

Los dos polluelos reunieron a sus padres y estos, a pesar del recelo que sentían, llegaron a la misma conclusión que sus hijos.

Desde entonces, cuando los picos largos emigran al Sur, conviven con sus vecinos picos cortos, compartiendo sabiduría y alimentos.

Jorge Arturo Escribá Chávez
Guatemala, 1965

JOHNNY EL GALLITO INGLÉS

Al umbral de las puertas de la antigua casa de la abuela, conocí a un pobre viejecito que se acompañaba de un simpático mono bailarín. Era un afilador de oficio, de los que ya no hay… de esos que solían ofrecer sus servicios, voceando y soplando un flautín, recorriendo a pie las calles de los barrios pobres de Liverpool.

–¡Fuiiiiiii! ¡Fiuuuuu! ¡Fiuuuuu! ¡Fuiiiiiii!

Repiqueteaba su sonoro flautín a todas direcciones, pintando de colores la mañana y atrayendo la atención de oficiosas amas de casa e ilustres caballeros jubilados, mientras agitaba a los perros y despertaba malhumorados a los gatos.

Aunque muy pocos eran los clientes en necesidad de una afilada, el entusiasmo y júbilo de este singular personaje nunca desfallecían.

–Afilamos cuchillos y tijeras, ¿hay qué afilar? –voceaba sin cesar, direccionando con las manos su quebrada voz hacia los balcones, mientras su monito hacía piruetas y bailaba para llamar la atención de los transeúntes y parroquianos.

Aseguraba tener una rareza especial este humilde hombre, el precioso don de hablar con los animales. Este es el cuento que me contó… de un famoso gallito inglés con quien en una ocasión se entrevistó.

1

Érase una vez, Johnny, un gallito inglés que vivía en las afueras de la gran ciudad de Londres, en una de esas granjitas pintorescas que se ven a lo largo de la carretera de esta hermosa metrópoli. Era un poco tímido nuestro ilustre amigo, pero noble y decente. Puntual, como todo inglés. Su labor en la granja comenzaba cuando cantaba cuatro quiquiriquíes en puntito de la mañana a las cuatro, puntual a las cinco entonaba cinco y puntualísimo a las seis coreaba sus últimos seis. Su feliz existencia transcurría sin novedad alguna, hasta que un día sus

147

amos, que eran muy ricos, se lo llevaron a un viaje muy largo del otro lado del mar, a América. Estando en una nación nueva, se hizo de muchos amigos gallitos, a éstos les gustaba mucho bailar y su charla era sólo de fiestas. Los gallos son, como todos sabéis, cumplidorísimos en su cantar mañanero. En este lugar, unos estaban asignados para cantar cada cinco minutos, otros cada quince, aún otros cada media hora. Cada quien tenía su propia responsabilidad para el canto y su turno, y le pasaba al otro el chance de continuar hasta el amanecer. Un día Bucles, el jefe gallito, quien era muy serio, le concedió a nuestro amigo el honor de empezar la cantinela a las cuatro de la mañana, como era su especialidad. Johnny apreció mucho el encargo y prometió cumplirlo a cabalidad. Para infortunio suyo, esa mañana se le pasó la hora. Todos los gallitos se rieron de Johnny, menos Bucles, quien tuvo que hablar muy formalmente con él por su terrible falta. Nuestro amigo inglés se disculpó y pidió otra oportunidad.

—En Londres —excusó él— la neblina que se despide de la madrugada anuncia la hora exacta. Acá no sentí elevarse el frío vapor matutino —continuó explicando el descontrolado animalito de Dios.

Temeroso a que tacharan de atrasados a los de su nacionalidad, no quiso preguntar a sus amigos cómo le hacían para saber la hora y preocupado se fue a dormir temprano.

—¿Acaso deberé comprarme un reloj despertador? ¡No debo fallarles a mis camaradas! —balbuceó repetidas veces no muy consiente, tratando de conciliar el sueño.

Comprendiendo que no podía dormir por la preocupación, ideó no dormir esa noche con tal de cantar puntual y salió a tomar un poco de aire fresco para despejar su mente. En el sereno y bajo la tenue luz de la luna, se topó con Richie, un vanidoso pavo real que padecía de insomnio y quien en su fiesta de bienvenida le había enseñado un raro baile.

Éste, al verlo todavía despierto y tenso, le preguntó qué le pasaba. El gallito le contó su problema.

—Viento frío baja del polo norte y sopla hacia el sur —le dijo el pavo real. —Esa puede ser la clave —concluyó.

Enseguida Johnny voló al tejado de la casa patronal; precisamente justo al lado de la chimenea había una vieja veleta con la radiante figura de hierro de un gallo cantor. Levantó sus alas para sentir el viento congelante y siguió cada uno de los movimientos de la oxidada veleta hasta que en definitiva comprendió el tiempo y pudo advertir cada hora por la forma en que el viento soplaba. Esa madrugada, ¡hubo canto! Y en la noche siguiente, ¡hubo fiesta! Todos los gallitos bailaron muy contentos, cada quien con su pareja y el gallito inglesito aprendió a bailar. Mas al llegar a casa, cuál sería su sorpresa, sus amos estaban a empacando maletas. ¡Se iban de safari a Australia y lo llevarían con ellos!

2

Les tomó catorce horas ese largo viaje a Australia en un veloz avión Jumbo, más tres horas en autobús a una hacienda muy grande y bella, de donde partieron sus amos al safari y lo dejaron solo. Bueno, no estaba tan solo, había muchos animales en la finca, mas no había compañeritos gallitos a quienes ayudar. Feliz de haber aprendido una nueva forma de deducir la hora y temeroso de olvidarla, Johnny se propuso practicar todas las mañanas. A la mañana siguiente salió radiante el astro sol y nuestro amiguito todavía dormía a piernita suelta sin haber cantado.

Era comprensible, estando en un paraje totalmente desconocido y alejado de su urbana vida europea, el gallito perdió otra vez la noción del tiempo. Esta vez no había cerca un amigo volador que le tendiera sus alas en ayuda. Esa tarde preguntó al caballo y éste no le habló más que de carreras; preguntó al perro y éste no le habló más que de cacería; preguntó al cerdo y este no supo más que hablarle de comida. Y así se fue preguntado a cada animalito de la hacienda y ninguno supo darle respuesta acertada.

Se fue a dormir cuando todavía era de día, para ver si podría cantar puntual a las cuatro de la mañana del siguiente día. Pues bien, ¡se levantó a las diez de la mañana! Avergonzado de no saber cómo entender el tiempo en aquella región sin viento, después de desayunar, salió al campo a preguntar a los animales silvestres, tal vez ellos sí podían ayudarlo a descubrir este secreto.

Consultó con un enojado cocodrilo que ni siquiera le contestó, como estaba lleno soportó tenerlo en frente sin comérselo. Andando en un continente tan exótico y extenso, charló con toda suerte de animales raros, a saber, todos los que salían a su paso, hasta que interrumpió a Bob, un canguro boxeador que entrenaba saltando la cuerda. Pese a que lo había importunado y notando la determinación de nuestro amigo, el gallito inglés, Bob se portó amable. Ofreció presentarle a un amigo que quizás lo ayudaría y a la vez aprovecharía la ocasión para tomar un corto descanso.

Ambos caminaron buscándolo a lo largo de un riachuelo que llegaba a una hermosa poza de agua dulce, donde se encontraba chapoteando un rubio ornitorrinco. Luego de una breve presentación, el cordial y fortachón canguro se retiró a continuar su riguroso entrenamiento. Ringo, el ornitorrinco, era muy romántico, le gustaba tocar guitarra. Este chico sí sabía cómo pasar el tiempo. Durante todo el día gozaron de un delicioso ocio y mientras lo hacían, le enseñó unos cuantos acordes en su guitarra de bambú e improvisadas cuerdas de caña de pescar. Al gallito inglés le fascinó la idea de aprender a tocar guitarra. Ringo le regaló un método con el que había aprendido a tocar y nuestro amigo se lo guardó muy bien dentro de sus bolsillos. Esa noche se quedaron a dormir en la fresca intemperie, bajo un hermoso cielo estrellado, vieron pasar lentamente la estrella polar y algunas constelaciones. Muy pronto descubrieron que la hora se podía ver a través de las estrellas, pues esa región era muy árida y nunca llovía. Así fue como Johnny descifró el tiempo en esos lejanos rumbos.

Temprano por la mañana, el gallito inglés orgullosamente empezó a dar la hora exacta. Y lo hizo también al siguiente día y todas las madrugadas. Johnny había entablado buenas amistades con todos y todo mundo le quería; rápido se volvió popular en las llanuras de Australia, no sólo por ser extranjero sino porque era un chico genuino y de buenos valores. Justo en el día en que se acostumbró a vivir en este maravilloso mundo, sus amos partieron a Calcuta.

3

Nuestro amigo inglesito era muy fiel a sus costumbres y se propuso cantar en Calcuta, este lugar totalmente extraño a sus recientes experiencias y alejado de los suburbios londinenses donde había nacido. Otra vez no cantó. Lo que es peor, esta vez se levantó al medio día. Chocó de nuevo con el ahora típico problema de la hora. Esta vez residía en un lujoso hotel. Enseguida hizo llamar a la servidumbre. Primero llegó un mayordomo, quien con una mirada de menosprecio no atendió a sus peticiones, pese a que por todos lados del hotel habían letreros y etiquetas con el lema: "Aquí complacemos a nuestros huéspedes en todo".

Luego hizo llamar al botones, ofreciéndole una propina si lo ayudaba, éste sólo tomó el dinerillo y se escabulló sin explicaciones. Como nadie colaboró con él en el hotel, salió a la calle a buscar respuestas. Johnny hizo amistad con las pajaritas del parque. Como éstas nunca dejaron de canturrear sus exóticos ritmos musicales, no tuvo más remedio que pasar el día entero con ellas asimilando sus armoniosas sinfonías.

Con el animal con que congenió inmediatamente fue con un mono acróbata. En la India los monos viven en las ciudades entre los humanos. Sanyaya, el mono, era muy chistoso y le contaba muchos chistes que se sabía. Nuestro amigo, el gallito inglés, no podía parar de reír, no se había terminado de reír de un chiste cuando ya le empezaba a contar otro. Este nuevo amigo era muy divertido, mas no le prestaba atención, porque era un charlatán de primera. Lo bueno que sí hizo el monito fue presentárselo a un amigo suyo, al anteojudo faisán, a quien le contó el asunto.

Aristóteles, el faisán, era muy sabio y como era prudente no le contestó rápido; más bien trajo una libro grande que guardaba junto a sus escritos, porque el faisán era escritor, y después de leerlo juntos se les ocurrió que la respuesta se encontraba en la brisa que venía del mar y se fueron a caminar por la costa para estudiarla. No tardaron en darse cuenta que había más brisa en la noche que en la tarde y menos brisa en la tarde que en la mañana. Así estuvieron por unos días midiendo y calculando la humedad provocada por estas brisas. No sabemos de "dónde" ni "cómo" Sanyaya consiguió un termómetro para mejorar sus cálculos, y después un barómetro, y luego un anemómetro; hasta que los dos lo regañaron y lo enviaron a devolver esos costosos aparatos.

Un día nuestro amigo le pidió al sabio faisán que le pusiera letra a una tonada que tenía en mente y se la silbó. El faisán le contó que desde niño había intentado en vano silbar, y le dijo que lo haría si éste le enseñaba.

—Trato hecho –le dijo el gallito inglés inmediatamente, cerrando el trato con un apretón de patas.

Y así lo hicieron. Pronto el faisán aprendió a silbar y el gallito aprendió a escribir canciones. La ciudad era muy grande y siempre estaba llena de gente y todas las tardes, para no aburrirse, salían a pasear; juntos los tres amigos pasaron divertidísimas e interesantes experiencias. Un caluroso día que se la pasaron frente al mar encontraron la clave del horario en esa región. Era porque la marea alta o baja del océano elevaba o disminuía la humedad y por lo tanto ésta daba la hora. Esa tarde el inglesito regresó feliz al hotel y la mañana siguiente cantó puntualmente. Mas sus amos, ya habían hecho planes y esa misma mañana partieron rumbo a casa.

4

Estando por fin en su ciudad natal Johnny, nuestro amigo, satisfecho de haber vuelto al dulce hogar, se fue a dormir cansado. En su mente estaban las imágenes de todos los amigos valiosos que había hecho en su viaje. Cuando se viaja se conoce personajes de hermosas cualidades que tienen diferentes costumbres a las tuyas, de los cuales aprendes muchas cosas. Esa mañana hubo un amanecer precioso, el sol irradió una calidez especial a través de los cristales de las casas y de los edificios, y en los campos se miraba aún más hermoso. Mas al gallito inglesito se le pasó la hora de cantar, pues el pobrecito tenía descontrolado su tictac biológico por tanto ir y venir. Había perdido la habilidad de hacerlo en su tierra natal. Conocía el viento, las estrellas, las brisas y de humedad. Mas nunca se había percatado de cómo se las ingeniaba en casa, pues nadie le había enseñado ni a cantar ni a ser puntual. Se fue a una granja cercana a preguntar a los demás gallitos ingleses, pero éstos como se enteraron que había viajado alrededor del mundo no le dirigieron palabra, pues eran envidiosos.

Alfred, el gallo más envidioso, le dijo que la única forma era que naciera de nuevo.

—Pero, ¿cómo puedo nacer de nuevo? —le preguntó.

—Averígualo, si eres tan listo —le contestó el resentido Alfred.

"Al fin y al cabo, ¿quién no ha deseado volver a ser niño?", se confortó a sí mismo. Johnny se propuso no descansar hasta descubrir la clave de su puntualidad natural. Más resuelto que nunca salió de la granja y tomó un autobús que lo llevó al mismísimo centro de la gran ciudad. Ese día se la pasó recorriendo las calles. Observó la hermosa fuente, montó la gran noria, desde donde vio toda la ciudad, visitó un grandísimo museo y reflexionó sobre unas bellas pinturas; y aunque ahora era un gallito de mundo, todo le parecía asombroso y bello.

Johnny finalmente, se detuvo frente a una hermosa catedral, en ella habitaban muchísimas palomas. Ya empezaban a encenderse las luces que alumbran de noche los grandes bulevares y vías, cuando Dito, un gordo palomo gris, que al notarlo ofuscado se le acercó y le preguntó qué tenía. Enseguida le contó su aprieto. Sonriente, el palomo le dijo que la respuesta estaba allá arriba, señalando al cielo con el pico. Justo a tiempo entró la noche. Sin comprender nada y cansado, nuestro amigo Johnny se quedó dormido en las puertas de aquella gran iglesia.

A la mañana siguiente lo despertaron las notas del campanario de la Abadía de Westminster, cuyas tonadas están sincronizadas con la gran campana del famoso reloj Big Ben. Uno a uno, todos los gallos de Inglaterra cantaron al unísono junto con las coplas de aquellas resonantes campanadas. De hecho, Jhonny mismo lo hizo sin darse cuenta mientras aún dormía; volvió a casa feliz de haber resuelto su problema y de haber regresado a sus raíces. Mas, al poco tiempo se aburrió y decidió no dar la hora más, tan sólo lo haría en ocasiones especiales. ¡De ahora en adelante se dedicaría a la música! Nuestro amigo gallito se consiguió una guitarra con la que se pasaba el día entero componiendo canciones. Aplicados los conocimientos aprendidos en sus andanzas, pronto formó una banda. Y desde ese entonces todos los fines de semana hay fiesta en una de las granjas de Inglaterra y los animalitos se la pasan de lo mejor. Un cerdito vegetariano toca la batería, un perro ovejero toca los teclados de un moderno órgano electrónico que trae pistas, una cabrita manchas blancas toca el bajo. Y ya sabéis quién es el que canta con guitarra al cuello… nuestro amigo, Johnny el gallito inglés.

Miguel Dante Ildefonso Huanca
Perú, 1970

NAVIDAD DE LAS NIÑAS

Iris era una niña distinta al resto de las niñas. No solo porque medía apenas cinco centímetros, sino porque todo el año vivía solita; y, por cierto, nadie sabía dónde vivía, ni siquiera sabían que existía. Es por eso que les cuento ahora su breve historia. Breve porque ella era así tan pequeñita, que ni ella misma sabía que existía.

Todo el año vivía escapándose de las ratas y las cucarachas, porque ella vivía escondida en cualquier rincón de las casas, sean pequeñas de un solo piso como también de fastuosos palacios. Y lo mismo podía habitar estadios de fútbol u hospitales. Los bosques le gustaban ante todo, pero se sentía muy sola allí, así que siempre volvía a las ciudades. Ese sentimiento de soledad era lo único que le decía que podía tener existencia, tal como los humanos grandes a los que ella buscaba siempre para observar.

Iris era muy observadora, atenta a todo lo que sucedía en el mundo. Quería entender todo aquello que veía sin ser vista. Nunca supo de dónde vino, ni para que estaba aquí. De pronto apareció, de la nada; seguramente de una sombra en la pared que demoró en desaparecer, o de una luz en el piso que igualmente demoró en irse. Aprendió a hablar oyendo a los humanos. Los oía hablando con ternura, con miedo, con odio, con amor, con tristeza, con formas más raras también que ella aun no entendía.

Ella nunca salía de sus escondites, de sus agujeros. Era como si fuera parte del silencio de las cosas, o del silencio de ciertas partes del día y de la noche. Aunque a veces sí hacía alguna bulla, pero era tan diminuto el ruido que nadie podía oírlo. A veces cantaba o recitaba algún poema que había aprendido cuando exploraba los colegios. Un día pensó: de grande quisiera ser poeta. Pero luego se desanimó porque dijo: ¿quién leería mis minúsculas letras?

Solo había unos días en que sí salía de sus escondites: era en navidad. No podía aguantar estar entre esas luces maravillosas que había por todas partes, en los árboles de la calle, en las ventanas, en los nacimientos del Niño Jesús y en los pinos de plásticos que las familias ponían dentro de sus casas. Era tan feliz bajo esas luces de colores, que se prendían y apagaban, que emitían canciones que alegraban a todos los niños por igual. Ella salía de sus escondites solo cuando ya nadie estaba en la calle o cuando las familias se iban a dormir. Iris cerraba los ojos y aun podía sentir las luces pintando la noche de vivaces colores.

Un día, faltando tres días para navidad, ella estaba recostada al pie de un pino de plástico, contemplando las luces prendidas de la ventana de aquella casa. Era de medianoche. De pronto oyó la voz de una niña que le habló por atrás:

—Hola, pequeñita. ¿Eres mi juguete sorpresa de navidad?

Iris no se asustó, y se sorprendió de estar serena.

—Hola, respondió a la niña grande.

Y por si acaso dijo que sí, que sí era su juguete aun sin envolver.

—¿Y tú qué haces despierta a esta hora? —preguntó a la niña grande que estaba en pijama.

—No puedo dormir, contestó simplemente eso.

La niña de pijama rosa llevó a iris a su habitación. Le quitó la ropa a una muñequita miniatura que tenía y se lo dio a Iris, que llevaba por vestido una telita que se ponía a modo de hábito. Ahora iris llevaba un vestido azul de florecitas amarillas. Se puso contenta y más contenta al ver que la niña grande también lo estaba.

—¿Cómo te llamas? —le preguntó.

—Flor —respondió la otra niña.— ¿Y tú?

—Yo no tengo nombre —dijo Iris.

Y era cierto, porque nunca nadie la había visto antes, porque con nadie había intercambiado palabras, porque ni siquiera sabía que debía de tener un nombre.

—Te llamarás Iris —le dijo Flor.— Cuéntame de ti —le pidió, y se recostó en su cama.

Iris se sentó en el velador, bajo la lamparita de noche y empezó a contarle la breve historia de su vida. Al ratito Flor se quedó dormida. Iris entonces se dedicó a mirar las figuras que había en las paredes, las flores de diferentes tamaños. También miró con cierta tristeza a las muñecas que estaban sentadas por todas partes; pensó: si ellas pudieran ver, si ellas hablasen. Al rato Iris también quedó dormida; ella dormía igualmente como cualquier niña, aunque su sueño era breve.

A la mañana siguiente Flor despertó pensando que había tenido un bonito sueño con una mini muñeca que se movía y hablaba. Pero al girar hacia el velador vio allí sentada a Iris, con el vestido azul de florecitas amarillas. Iris pudo haber vuelto a sus escondites antes que saliera el sol, pero le cayó tan bien aquella niña llamada Flor que decidió seguir allí con ella, a ver qué sucedía.

Flor siguió pensando que Iris era su regalo sorpresa de navidad. Por eso decidió esconderla en su habitación. Pensaba que Iris se habría escapado de su bolsa oculta en el closet de sus padres. No se aguantaba las ganas de poder jugar ya con aquel increíble regalo, por eso decidió tenerla con ella hasta el mismo día de navidad en que la pondría en el closet de sus padres. Ellos aquel día la envolverían en una cajita con papel celofán y la pondrían bajo el árbol de pino.

En los dos días siguientes, Iris y Flor jugaron sin parar todo el día en la habitación. Los papás hasta pensaban que Florcita, su única hija, estaría muy triste debido a que ese año no había obtenido buenas notas en el colegio. Flor le enseñaba a Iris su infinita colección de muñecas Barbie y a ver sus programas favoritos de televisión. Iris le enseñaba a cantar y a algo que Flor nunca ni siquiera había oído hablar: le enseñó a recitar poemas. Desde el primer poema que recitó Iris, Flor quedó muy conmovida. Era un sentimiento extraño, algo que hasta entonces no había sentido.

Llegó el día de navidad. Flor le dijo a Iris que la pondría por unas horas en el closet de sus padres, que luego en la noche se volverían a ver, y serían amigas para siempre. Iris la vio con una sincera y hermosa sonrisa, y en sus ojos había alegría y esperanza. Pero al llegar la noche navideña, Flor recibió otro regalo de sus padres. Flor les preguntó por Iris, les reclamó por la pequeña muñeca viva. Ellos no sabían de qué hablaba. Iris nunca más apareció. Nunca más se supo de Iris. Quizás como vino, de la luz o de la sombra, igual se borró de la faz de la tierra. Sus padres le dijeron a la niña que seguramente lo había soñado en esos días, encerrada en su cuarto.

Lo que pensaba que esa iba a ser la mejor navidad de su vida, ahora se convertía en la peor. Pero Flor repentinamente no dejó invadirse por la tristeza. Recordó todo lo que le habló Iris, tratando de hallar una pista de su paradero. Recordó entonces cuando le dijo que le daba tristeza que aquellas muñecas que tenía no pudieran ver ni hablar. Y que si lo hicieran, qué pensarían, qué dirían. Flor supo que allí estaba la respuesta. Iris estaba en las cosas que se callaban, que se decían en silencio, que no podían hablar. Por eso le enseñó a Flor lo que es la poesía.

Y desde entonces Flor empezó a escribir poemas, y fue más feliz.

ÍNDICE